10년, 내게 남은 시간

10년, 내게 남은 시간

초 판 1쇄 2023년 10월 25일
초 판 2쇄 2023년 12월 05일

지은이 이유신
펴낸이 류종렬

펴낸곳 미다스북스
본부장 임종익
편집장 이다경
책임진행 김가영, 신은서, 박유진, 윤가희, 이예나

등록 2001년 3월 21일 제2001-000040호
주소 서울시 마포구 양화로 133 서교타워 711호
전화 02) 322-7802~3
팩스 02) 6007-1845
블로그 http://blog.naver.com/midasbooks
전자주소 midasbooks@hanmail.net
페이스북 https://www.facebook.com/midasbooks425
인스타그램 https://www.instagram/midasbooks

© 이유신, 미다스북스 2023, *Printed in Korea*.

ISBN 979-11-6910-355-8 03810

값 **16,800원**

미다스북스는 다음세대에게 필요한 지혜와 교양을 생각합니다.

10년, 내게 남은 시간

이유신 지음

미다스북스

_____ 님의

앞으로의 모든 시간이

존재 자체로

빛날 수 있길 바랍니다.

우리의 시간은 지금도
계속되고 있다

.
.
.
.
.
.
.
.

나는 책을 읽을 때 작가 소개나 프롤로그를 잘 읽지 않는다. 책을 사기 전 제일 먼저 목차부터 읽어본다. 그리고 첫 페이지를 읽고 마지막 페이지를 읽는다. 작가가 이야기를 끝까지 잘 이끌고 갔는지 본다. 그 세 가지가 마음에 들면 책을 사서 읽는다. 저자가 누구든 상관없이 내용이 좋으면 된다. 오히려 아무런 정보 없이 읽으면 내 나름대로 내용을 해석할 수 있고, 저자를 알아가는 게 재밌다.

.
.

평소에 읽지 않는 프롤로그를 적는다는 게 쉽지 않지만 해보겠다. 일단 당신을 칭찬하고 싶다.

"이 책을 펼쳤다는 것부터 당신은 대단하다."

책을 펼치기 얼마나 어려운 일인지 나는 안다. 오랜 시간 꾸준히 읽어온 나도 어느 순간 책을 놓으면 다시 읽기가 쉽지 않기 때문이다. 이 책을 끝까지 다 읽지 않아도, 몇 장 읽지 않아도 괜찮다. 그것도 대단하다.

내겐 강점이 두 가지 있다. 우울함을 겪은 것과 꾸준히 글을 쓰는 것이다. 누군가는 우울함이 어떻게 자랑이냐고 생각할 수 있다. 우울함에 빠졌던 시간들이 너무 고통스러웠지만 새로운 나를 발견해 준 기회이기도 했다. 글을 쓰며 포기하고 싶은 순간이 종종 있었지만 끝까지 쓰니 이렇게 책으로 만나게 되었다.

감정에 대한 글을 썼지만 나는 전문가가 아니다. 어떻게 우울함을 떨치는지 고통을 피하는지 모른다. 느껴지는 것들을 피하고 싶지 않았고 아픈데 아프지 않은 척하기 싫었다. 감정

:

과 내가 함께 살아가는 이야기다.

이 책을 어떻게 읽든, 생각하든 자유롭길 바란다. 자신만의
감정을 만날 수 있길 바란다. 뭐든 느껴지는 그대로를 괜찮다
고 다독여주길 바란다. 같은 걸 경험했든 아니든 그 나름대로
존중 받을 가치가 있다. 당신이 가진 감정은 너무나 소중하다.

나와 나, 우리의 시간이 존재 자체로 빛나면 좋겠다. 간혹
빛을 잃을지라도 사라진 게 아니다. 마치 구름 뒤에 숨은 별빛
과도 같다. 우리의 시간은 지금도 계속되고 있다.

6장. 10년 뒤, 안녕

1장

의사가 앞으로
30년 남았다고 했다

꺼내고 싶지 않았던
나의 이야기

"어떻게 휠체어를 타게 된 거야?"

처음 나를 본 사람들이 종종 하는 질문이다. 그저 지나가는 사람이 물으면 미소로 넘기고, 그게 아니면 '교통사고'라 이야기한다.

마음으로 궁금해하지만 직접 묻지 않는 사람도 있다. 그러나 가끔 당황스러운 말을 듣기도 했다.

"아이고, 아가씨가 운전을 막 했나 보네."

"제가 운전 안 했는데요. 면허증도 없는데요."

⋮

"면허 없이 운전한 거야?"

그렇게 말하면 할 말이 없었다. 내가 운전자석에 있어 심하게 다쳤을 거라 단정 짓고 있었다. 아니라고, 내가 뒷자리에 있었다는 사실을 말해도 믿지 않았다. 사람들이 알고 싶은 게 뭔지 생각했다. 다른 이들은 사고가 났던 상황만 궁금하지 내 아픔은 전혀 궁금하지 않은 것 같았다. 그 순간을 한 번은 솔직하게 털어놓고 싶었다.

어느 저녁, 우리 가족이 식사를 마치고 집으로 돌아오던 길이었다. '쾅' 하는 소리와 함께 그 이후의 기억이 날아가 버렸다. 우리 차가 사각지대에 불법주차한 차와 크게 부딪쳐 교통사고로 정신을 잃었다.

다음날 정신을 차렸지만 마치 앞이 뿌옇게 보이는 꿈속 같았다. 나는 중환자실에 누워 있었고, 의료진들에 둘러싸여 있었다. 목이 움직여지지 않았고 보호대가 끼워져 있었다. 무슨 일인가 싶어 일어나려 했지만 온몸이 굳어 움직여지지 않았다. 더 이상한 건 내 몸이 공중에 떠 있는 듯 침대에 누운 느낌이 없었다. 목 신경을 다쳐 몸이 마비가 되어 감각이 느껴지지

⋮

않아서였다.

"지금 이거 꿈이겠지?"

꿈이 너무 생생했다. 중환자실의 모든 것이 온몸으로 느껴졌다. 피비린내와 알코올 냄새가 섞여 코를 찔렀다. 그리고 소리 하나하나가 선명하게 귀에 꽂혔다. 사람들의 흐느끼는 소리, 중환자실 바닥과 의료진의 신발이 부딪히는 소리, 침대 바퀴가 굴러가는 소리, 기계 돌아가는 소리들이 뒤섞였다.

십여 분마다 의료진이 내 상태를 보러왔다. 그 누구도 지금 내게 어떤 상황인지 말해주지 않았고 단지 '사고가 기억나세요? 감각은 있으세요?'라고만 몇 번이나 물었다. 꿈이 아니라 아주 큰 일이 일어난 걸 짐작할 수 있었다. 갑자기 가족이 생각나서 찾았다. 다행히 경미하게들 다쳐 걱정할 정도는 아니었다.

부러진 목뼈를 고정하는 수술을 했다. 7~8시간 동안의 수술이 끝나고 깼는데 너무 아팠다. 온몸에 칼로 베이는 것 같은 고통이 전해졌다. 목에 작은 관으로 된 뭔가가 가슴 깊숙이까지 끼워져 있었고 입에는 산소 호흡기가 얹혀 있었다. 숨이 제대로 쉬어지지 않았다.

:

답답했던 산소 호흡기를 며칠 만에 뗐다. 숨 쉬는 게 쉬워지고 정신이 또렷해질수록 닥친 상황을 마주하는 게 점점 더 두려웠다. 여기서 살아남은 게 결코 행운이 아니라는 생각이 들었다.

'세상에 지옥이 있다면 여기가 아닐까.'

며칠 전만 해도 회사를 갔고, 친구들을 만났고, 가족과 이야기를 나눴다. 그런데 아무것도 할 수 없게 침대에 누워 있다니, 믿기지 않았다. 잠들 때마다 다시 눈을 뜨면 모든 게 꿈이었길 바랐다. 아니면 신경세포가 다시 살아나 이 지옥 같은 곳을 걸어 나갈 수 있길 빌었다. 그런 일은 일어나지 않았다. 눈을 감았다가 뜨면 허망하게 다시 그곳으로 돌아와 있었다.

몸이 마비된 것처럼 삶이 정지되어버렸다. 시간이 지나도 감각은 되살아나지 않았다. 숨은 쉬고 있지만 죽어 있는 것과 마찬가지였다. 고통은 악착같이 살아가려는 생존의 본능보다 비교가 되지 않을 만큼 너무 컸다.

나는 그렇게 전신 마비가 되었다. 의사가 앞으로 30년 정도 살 거라 했다. 신체 기능이 빨리 약해지거나 앞으로 올 수 있는 합병증 등을 예측해 말한 것이다. 앞으로 10년을 살든 30년을 살든 아무 의미가 없었다. 내겐 희망이 없었기 때문이다.

꺼내고 싶지 않은 상처를 마주하는 일은 너무 아프다.
마주할수록 조금씩 무뎌지지만 아프지 않은 건 아니다.

마치 어제 일처럼 선명하지만 놀랍게도 전신 마비가 된 지 어느덧 20년이 흘렀다. 지금도 그 상처는 불쑥 올라와 마음을 찌른다.

기억을 완전히 지우고 싶었다. 그럴 수 없으니 아픈 과거를 오히려 당당하게 열어 보이기로 작정했다. 한 10년 전부터 이 이야기를 쓰기로 마음먹었지만, 수십 번은 쓰다 그만두기를 반복하며 쓰지 못했다. 고통이라는 덩어리가 너무 얽혀 어느새 풀기 힘들게 되어버렸다. 정리되지 않은 감정을 어디서부터 어떻게 풀어내야 할지 몰랐다.

앞으로 내 글을 본 사람들은 적어도 다친 이유를 직접 묻지 않을 것이다. 그것만으로도 마음의 짐이 조금 덜어진다.

:

사라진 단어,
희망

내 생애 가장 최악의 순간은 교통사고였지만, 그다음은 희망이 없다는 거였다. 시간이 지나도 몸 상태가 좋아지지 않았다. 다친 목 밑으로 팔과 손목을 움직이는 정도에서 더 나아지지 않았다.

앞으로 어떻게 살아갈지보다 삶이 빨리 끝나기를 바라는 순간들이 더 많았다. 살고 싶지 않았던 어두운 터널을 수년간 헤맸다. 사고가 나고 5년 정도는 자주 아파 병원에 드나드는 일이 많았다.

⋮

전신 마비가 된 몸을 이해하지 못해 방광염이나 배에 가스가 심하게 차 아무것도 먹지 못하고 토해서 병원 신세를 자주 졌다. 처음엔 입원해서 치료받다가 나중엔 약으로, 점점 조심하면서 아프지 않게 되었다.

몸이 아프지 않은 날엔 마음이 방황했다. 현실을 부인하고 싶었다. 전신 마비가 된 걸 받아들이지 못했다. 아니, 그 당시엔 받아들여야 한다는 것조차 몰랐다.

왜 내게 이런 일이 일어난 건지 이유를 알면 마음이 편할 것 같았다. 몇몇 사람들이 말하는 그런 이유 때문일지도 모른다고 생각했다.

"네가 뭘 잘못하고 살아왔는지 생각해봐."

내가 사람들에게 한 잘못을 나도 모르게 찾았다. 사소한 것 하나라도 기억나면 하나님께 회개했고 기억나지 않는 것까지 용서를 구했다. 기도해도 아무런 변화가 일어나지 않았다.

'내가 운이 없어서? 조심성이 없어서?' 혹은 '외출을 하지 않았더라면, 몇 분만 더 일찍 집으로 돌아갔더라면……'

후회가 끝이 보이지 않게 이어졌고 답은 나오지 않았다. 분명 내게 어떤 일이 일어났는지 아는데 뭘 해야 할지 몰랐다.

:

23

희망이 없다는 것은 아무것도 할 수 없게 만들었다. 마음의 방황은 꽤 오랫동안 계속되었다. 몇 년 동안 무기력하다는 이유를 앞세워 거의 모든 시간을 방 안 침대에 누워 있었다. 아무것도 안 해도, 마음이 갈 곳을 잃어도 괜찮다며 살아가고 있었다. 그렇게 내 안에 차지한 우울은 오랜 시간 많은 핑곗거리를 만들고 있었다.

마치 혼자만 생명이 사라진 세상을 보는 것 같았다. 사람들이 웃으면 나와는 상관없는 일 같았고 주위 사람의 위로에도 마음이 열리지 않았다.

우울한 생각은 좋은 기억을 잊게 만들었고 나쁜 기억을 불러왔다. 기억이 너무 한쪽으로 치우쳐지니 소중한 감정들을 놓치게 만들었다. 분명 순간순간 웃을 일이 있었고 즐거웠던 적이 있었지만, 우울함의 파도가 휘몰아쳐 마치 그 순간이 없었던 것처럼 집어 삼켜버렸다.

세상엔 어떻게든 설명이 가능한 것보다
어떻게 해도 설명이 되지 않는 일들이 더 많다.

⋮

답답한 마음을 털어놓고 싶어 친구들에게 이야기했다. 친구들은 내 하소연을 잘 들어줬다. 그러나 똑같은 이야기를, 게다가 부정적인 이야기를 계속 들어주는 이는 없었다. 좋은 내용이 아니라 듣기 싫은 게 당연하지만 그때의 나는 몰랐다. 어느새 내가 아닌 상대를 탓했다. 내 어두운 기운이 사람들에게 전염이 되진 않을까, 하는 걱정보다 내 이야기를 들어주지 못하는 상대가 원망스러웠다. 오직 나만 생각하는 이기적인 사람으로 변했다.

'우울한 친구를 안 만나는 게 맞나요?'

'멀리하세요. 본인도 우울해집니다.'

인터넷에서 누군가가 올린 질문에 대한 답을 보았다. 다른 사람의 글이었지만 내 이야기였다. 눈물이 쏟아졌다. 앞으로 내 주위엔 아무도 남지 않을 거라 상상하니 정신이 번뜩 들었다.

사람들이 내게 거리를 둘까 봐 두려웠다. 그렇다면 아닌 척하거나 다른 곳으로 관심을 돌려야 하는 거였다. 내가 상처 받지 않으려면 그 방법밖에 없어보였다.

친구들에게 고민이 있으면 말하라 했다. 마치 기다렸다는 듯이 연애나 가족 문제, 여러 고민들이 쏟아져 나왔다.

⋮

한 친구가 다니는 회사가 적성에 맞지 않는다며 푸념했다. 친구가 주위를 보면 자기만 빼고 다 잘 살아가는 것처럼 보인다고 했다. 고개를 끄덕이면서 마음 한편엔 '저렇게 건강한데 뭐가 그리도 힘들까?' 하며 나도 모르게 부러웠다.

자신의 기준으로 쌓아온 상처는 남이 보기엔 정말 별거 아닌 것에 무너진다. 누구나 힘들 땐 다른 사람들의 나쁜 상황보다 좋아 보이는 상황이 눈에 띈다. '나는 이렇게 힘든데 너는 그게 아니라고?'라는 데에서 스스로가 더 초라해지는 것이다.

친구들의 고민을 듣다 보니 상황만 달랐고 느끼는 감정은 나와 비슷했다. 그리고 내가 어딘가에 쓸모 있는 사람이란 생각이 들었다. 다른 사람의 이야기를 들어준다는 것은 나의 세상을 넓혀가는 일이 되고 있었다.

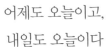

어제도 오늘이고,
내일도 오늘이다

어느 날, 아침에 일어났는데 이상했다. 오늘이 며칠인지 기억나지 않는 게 아니라 몇 월인지 헷갈렸다. 핸드폰을 보지 않고 기억해내는데 한참 걸렸다. 기억하는 기능에 문제가 온 것 같았다. '도대체 나는 뭘 하는 사람인가, 사람인 건 맞는 건가.' 하는 의심마저 들었다.

내가 뭘 하든 안 될 거라는 생각에 한 번 매몰되면 빠져나오기 힘들었다. 부정적인 생각의 꼬리가 눈덩이처럼 불어서 계속해서 나를 물고 늘어졌다.

⋮

시간은 내 아픔과 상관없이 계속 흘러갔다. 친구들을 만나면 나와는 너무 달랐다. 나는 사고 직후의 삶에 머물러 있는데 친구들은 꽤 경력 있는 직장인이 되었거나 가정을 이루고 있었다. '어, 나는 지금 뭐 하고 있지?' 하고 정신을 차리니 어느새 몇 년이 훌쩍 지나 있었다.

친구들과 이야깃거리가 사라졌다. 그들은 일상을 말하는데 나는 옛이야기를 하는 게 다였다. 친구들의 말을 듣고 있으면 간혹 알아듣지 못할 때가 있었다. 그때마다 잘 알아듣는 척했다. 아무리 집중해도 그들의 세상 속에 일어나는 일들을 내 경험으로는 알 수 없었다.

정신을 차리니 나는 세상을 모르는 바보가 되어 있었다. 오직 내가 사는 세상에 빠져 다른 걸 보지 않았던 것이다. 오늘의 나는 사라졌고, 과거에 사는 내가 있다.

내 삶의 시간은 점점 과거로 갔고 주위 사람들의 시간은 앞으로 가는 기분이었다. 도로에서 신호 대기로 내가 탄 차가 멈췄을 때 옆 차가 출발하면 마치 내 차가 뒤로 가는 착각이 들 때가 있다. 내가 그랬다. 내 시간이 다른 사람만큼 쫓아가지 못하니 오히려 뒷걸음질 치는 느낌이었다.

⋮

나만 빼고 모든 사람들이 다 잘 살아가는 것처럼 보였다. 나도 친구들처럼 세상의 흐름을 따라가고 싶었다. 내가 할 수 없는 일을 바라기보다 할 수 있는 것들을 차근히 해나가려 했다. 내가 뭔가가 되는 게 아니라, 뭘 할 수 있을지 확인하고 싶었다.

　인터넷에서 우울하면 감사 일기를 써보라는 글을 읽었다. 쓰면 자신이 알지 못한 부분에서 감사함을 깨닫게 된다는 거였다.
　'아침에 눈이 떠져서 감사, 숨이 쉬어져서 감사, 일기를 써서 감사.'
　쓰는데 가슴이 답답했다. 마음에도 없는 말들이었다. 아침에 눈이 떠지니 뜨는 거였고 숨이 쉬어지니 쉬는 거였다. 모든 걸 멈추고 싶었다.
　긍정의 기운은 좋은 것이다. 단지 내가 해야 할 단계가 감사가 아니었을 뿐이다. 마치 내가 체해서 소화제가 필요한 상황인데 비타민을 먹은 것 같았다. 감사를 소화시키지 못했다.
　'내가 뭔가를 시도한다고 해도 달라지는 건 없을 거야.'
　익숙했던 무기력함이 몰려와 내 마음을 흔들었다. 뭔가를 하는 날보다 아무것도 하지 않는 날이 더 많았다. 그런 날은 마음이 편했지만 돌아오는 건 허무함뿐이었다.

일상을 일기로 적었다. 아침에 일어나 뭘 먹고 뭘 했다는 유치한 문장만 튀어나왔다. 매일 써도 달라지는 건 없었다.

가만히 생각해보니 예전과 달라진 게 있었다. 오늘이 몇 월 며칠, 무슨 요일인지를 분명하게 안다는 거였다. '대박!' 누가 들으면 그까짓 거라 여길지 모르겠지만 내겐 큰 변화였다. 어제도 오늘, 내일도 오늘 같았던 삶이 달라진 것이다. 하루를 기억한다는 건 곧 하루를 살아간다는 의미였다. 사소한 한 가지라도 했던 날은 어제와 다른 날로 다가왔다.

새로운 시도는 오늘을 새날로 만든다.
조금씩이라도 앞으로 걸어 나간다면
어느새 제자리에 있지 않게 될 것이다.

여전히 친구들을 만나면 이야기할 게 별로 없었다. 그들의 말을 못 알아 듣거나 공감할 수 없을 때가 많았다. 그 이야기를 들어주며 의식적으로 고개를 끄덕였다. 잘 들어주는 게 얼마나 멋진 일인지 생각하는데 친구가 말했다.

"너 무슨 생각해?"

"아무것도 생각 안 했어!"

"웃기고 있네, 내가 다 봤어."

친구의 말을 이해 못해 나도 모르게 얼빠진 표정을 지어 들킨 게 분명했다. 저절로 웃음이 났다. 사고 후에 친구들이 나를 너무 조심스럽게 대해 불편하다고 느낀 적이 종종 있었다. 뭔가로 가로막힌 답답함이 친구의 호통으로 와르르 무너졌다. 나를 막 대해주는 사람이 얼마나 고마운지 새삼 느꼈다. 나는 그 순간 몸이 불편한 사람이 아닌, 그저 그들의 친구가 된 기분이었다. 내 마음의 시간이 멈춘 게 아니라 조금씩 가고 있었다.

'힘들지 않은 나'가
되고 싶어

학창시절엔 꿈이 없었다. 누군가가 내게 꿈이 뭐냐고 물어서 되고 싶은 게 없다고 했다가 핀잔을 받았다. 꿈을 가져야 훌륭한 사람이 된다고 했다. 그 말을 이해할 수 없었지만 내가 편하기 위해선 일부러 만들어야 했다. 처음엔 '선생님'이라고 정해 말하고 다녔다.

"그 성적으로 괜찮겠어?"

그 말을 듣는 게 귀찮아서 다른 걸 생각해냈다. 초등학교 3학년까지 시골 농장에서 부모님이 소를 키웠고, 내가 소여물을 주기도 했다. 소똥을 직접 치우진 않았지만 자주 밟아보았고 냄새도 익숙해 꿈으로 '소 농장 주인'이 적당할 것 같았다. 사람들에게 농장 주인이 되겠다고 말하면 이상하다는 표정으로 나를 보았다. 내 꿈이 무시당하는 것보다 이상한 표정이 나았다.

내가 진정으로 되고 싶은 건 '힘들지 않은 나'였다. 세상엔 습득해야 할 게 많았고 요령을 익혀야 할 게 많았다. 공부를 그리 잘하지 못하던 내가 마치 큰 잘못을 저지른 것처럼 살아야 했다.

대학을 '축산업과'로 진학하려 했다. 아마 그때 거길 들어갔으면 지금의 삶이 바뀌었을지도 모른다. 그렇다면 이 글이 나왔을까? 어쩌면 『10년, 내게 남은 시간』이 『20년 소와 살다』가 될 수도 있지 않았을까. 다행인지 아닌지 그곳에 가지 않았다.

'관광학'을 전공해 서울에 있는 호텔로 취업을 했다. 전공을 살려 멋진 곳으로 가고 싶었다. 기대만큼 정말 멋졌다. 근무시간 대부분을 서 있어야 했지만 화려한 호텔에서 깔끔한 유니폼을 입고 고객에게 서비스하는 일은 즐거웠다.

지방이 아닌 서울에서만 경험할 수 있는 게 있었다. 서울 곳

⋮

곳에 높은 빌딩이 가장 신기했다. 하늘을 올려다볼 정도의 높이에 건물들이 놀라웠다. 그리고 길을 가다 우연히 연예인을 보고 깜짝 놀라 후다닥 달려가 사인을 받은 적이 있었다. TV에서만 보던 연예인이 눈앞에 나타나 신기했다. 한 번은 버스를 타고 가다가 남대문을 발견했다. 사진으로만 보던 남대문을 실제로 보니 감탄이 절로 나왔다. 꿈이 없었던 내게 마치 서울이란 곳이 꿈이 된 것 같았다.

장애인이 된 이후로 내가 누구인지 한참 고민했다. 건강했던 모습으로, 다시 호텔로 돌아갈 수 있을 줄 알았다. 오직 과거의 모습에만 집착했다. 지나온 시간도 지금도 여전히 같은 나인데 아니라고 고개를 저었다. 결국 내가 보고 싶은 대로 나를 보고 있었다.

어떤 선택을 해도 후회는 남는다.
만약 과거에 다른 선택을 했으면
나의 오늘이 달라졌을 거라 여기지만
어차피 모든 선택은 내가 하니까 결과는 똑같을 것이다.

왜 죽을 만큼 힘든 순간에 삶에 대해 고민하게 되는지 모르겠다. 잃어버린 나를 찾기 위해선 내가 누구인지 알아야 했다. 사람들에게 나를 소개할 때 몸이 불편한 것 말고는 이야기할 게 없었다. 나는 그 무엇도 아닌 사람 같았다.

어떤 검사를 통해 내가 어떤 사람이라는 정의가 명확하게 내려지면 좋겠다. 요즘은 성격유형검사인 MBTI로 성향을 쉽게 파악하지만 오래 전엔 대부분 혈액형으로 상대를 파악했다. 심리 검사나 혈액형을 그리 믿지 않지만 낯선 사람을 만나면 이야기하기에 흥미로운 주제라 생각한다.

나는 MBTI에서 INFJ형이다. 자신의 내면세계에 집중하는 내향형이라는 결과가 나왔다. 말보다는 글로 마음을 표현하는 게 편하고 혼자만의 시간을 통해 에너지를 충전하는 형이다. 나와 거의 비슷하다.

나와 감정형인 F만 같고 나머지는 다른 ESFP형을 우연히 보았다. 새로운 것을 시도하면서 쉽게 지루해하는 성향이다. 신기하게 그것도 나와 정말 비슷하다. 나는 뭐든 쉽게 지루해하고 오랫동안 꾸준히 하는 걸 힘들어 한다. 그런 내가 이렇게 글을 쓰고 있다. 사람마다 모든 가능성을 열어두면 할 수 있다

⋮

는 게 증명된 셈이다.

주위 사람들에게 스스로를 내향형이라 하면 아니라 했다. 얼굴 표정이 밝고 말을 잘하는데 그럴 리 없다는 거였다. 그렇게 생각할 만도 한 게 고등학교 시절부터 소극적인 태도를 보인 적이 거의 없었다.

학교 행사를 나서서 참여했고 여러 친구들과 어울려 다녔다. 그러면서도 앞에 나서는 게 그리 즐겁지 않았다. 진짜 속마음을 숨기고 소극적인 성향이 사라지길 바라며 더 밝은 척을 했던 거였다.

이런 나의 성향 때문에 나중에 힘든 고통을 억지로 숨기려 하다가 더 큰 아픔을 불러오기도 했다. 우울해도 그렇지 않은 척, 슬퍼도 아무렇지 않은 척하며 마음의 병을 키워왔다. 가면을 쓰니 스스로를 알아가는 건 더욱 힘들었다.

물론 MBTI나 다른 뭔가로 나를 미리 파악했어도 고통을 피해가기는 힘들었을 것이다. 감추어진 내면의 세계는 스스로가 보기 힘든 곳에 있기 때문이다.

어린 시절부터 되고 싶었던 '힘들지 않은 나'는 절대 이뤄질 수 없는 일이다. 이젠 힘든 것 속에서도 스스로를 잘 표현하는

⋮

내가 되고 싶다. 앞으로 10년이란 시간이 남았지만 다시 꿈꾸
기에 늦지 않았다.

⋮

망상과 상상의
차이

친구가 10년 뒤 서울에 있는 집을 사는 게 목표라고 했다.
지금 모아둔 돈 몇천만 원과 한 달에 이백만 원 정도 모으면
10년 후에 가능할 것 같다고 했다.

"야, 내 상상이 멋지지 않냐?"

"너무 짧게 잡은 거 아냐? 훨씬 더 걸릴 것 같은데."

대답은 그렇게 했지만 '상상은 무슨, 망상이겠지.' 속으로 생
각했다. 친구 한 달 월급이 삼백만 원이 조금 넘는데 생활비
해결을 어떻게 할지 궁금했다. 열심히 살아가려는 친구의 태

⋮

도는 훌륭했지만 현실적이지 않았다.

사고 후 몇 년 뒤에 처음으로 책을 샀다. 책장을 넘기니 빼곡한 글자들을 보기만 해도 답답했다. 사놓고 앞장만 반복해서 읽다가 덮었다. 한 권을 몇 달에 걸쳐 읽었다. 그다음 책을 사기까진 몇 달이, 펼치기까지 몇 주가 걸렸다. 책을 펼치기까지 수많은 핑계가 쏟아졌다.

목표가 크면 포기할 것 같아 한 달에 한 권만 읽기로 정했다. 그러니 일 년에 12권의 목표가 채워졌다. 어느새 많이 읽은 달엔 30권을 읽기도 했고, 일 년에 300권을 읽은 적도 있었다.

책을 읽으면 내 미래가 완전히 다른 삶으로 펼쳐질 줄 알았다. 독서를 많이 한 사람들을 보면 유명한 작가가 되었거나 책을 소개하는 유튜버가 되었거나 책 관련해서 가르치는 사람들이 되어 있었다. 그러나 나는 그 무엇도 되지 못했다.

사람들은 종종 자신의 처지보다 더 높은 기준으로 스스로를 올려놓는다. 나는 책을 읽으며 으스대고 뭔가를 안다고 착각했다. 인생에서 독서가 모든 것이라 여겼다. 주위에 독서하지 않는 사람들이 한심하게 보였다. 게다가 나보다 더 큰 아픔을 겪은 사람은 없을 거라며 근거 없는 고통의 자신감이 있었다.

인생에서 모든 걸 깨달았다고 착각했다.

"10년 후엔 내가 뭔가가 되어 있겠지."

10년 전, 내 생각이었다. 독서를 많이 한다고 삶이 갑자기 달라지는 게 아니었다. 오히려 그 교만함에 내가 걸려 넘어진다는 걸 느꼈다.

상상은 실제로 경험하지 않은 현상이나 사물에 대해 마음속으로 그려보는 것이고, 망상은 근거 없는 주관적인 신념이다. 망상은 현실에 바탕을 두지 않는 생각이지만 현실에 있는 생각도 망상일 수 있다고 여겨진다. 내가 하는 행동과 아주 먼 거리에 상상이 있다면 그게 망상이 아닐까.

정신과 의사이자 게슈탈트 치료의 창시자인 펄스가 이런 말을 했다.

"미친 사람은 '내가 에이브러햄 링컨이다.'라고 말하고, 신경증적인 사람은 '내가 에이브러햄 링컨이라면 좋겠다.'라고 말하고, 건강한 사람은 '나는 나이고 링컨은 링컨이다.'라고 말한다." - 『perls 1969b, p. 43』

딱 내 이야기였다. 평소엔 '내가 링컨이면 좋겠다.'라며 바로 눈앞에 성공이 있는 사람처럼 지냈다. 어떤 날엔 '내가 링컨이다.'라며 어깨에 잔뜩 힘이 들어가 뭐라도 된 것처럼 굴었다.

책을 읽으며 주위 사람들에게 좋은 내용이니 읽어보라고 권하며 다닌 적이 있다. 그동안 사람들을 만나면 할 말이 없던 내게 더 없는 이야깃거리였다. 그러다 누군가가 물었다.

"그래서 그 책에서 얻은 게 뭐고 실천하는 건 뭐가 있어?"

"얻은 건 지식이고 실천은 책을 읽은 거?"

그것 말고는 할 말이 없었다. 나는 그동안 읽은 내용을 마음으로 쌓기만 했고 정작 실행하지 않았다. 책을 읽고 달라진 사람들과 나와의 차이였다. 머리로는 알면서도 아무런 실천을 하지 않았다는 것이다.

행동하지 않고 바라기만 하는 것은 망상에 불과하다.
현실에서 이룰 수 있는 일이라도
실천하지 않으면 물거품이 되고 말았다.

몇 년 전 글을 쓰기 시작했을 때는 별거 아니라 여겼다. 그동안 쉽게 읽히는 책을 볼 땐 '이 정도는 내가 쓰지.' 한 적이 있었다. 막상 쓰니 진도가 나가지 않았다. 앞뒤 문맥이 이상했고 유치했다. 글을 쓰면 쓸수록 작가들이 대단하게 여겨졌고 점점 겸손해졌다.

글을 쓴 날보다 쓰지 않는 날이 더 많았다. 그러나 나는 이젠 망상에서 상상할 수 있는 현실에 들어섰다. '나는 나이고 너는 너'가 된 것이다.

글쓰기는 어렵지만 매력 있다. 움직이지 않지만 그 안에 의미를 곱씹으면 살아 움직인다. 내 삶을 쓰는 것 같지만, 어느새 내 이야기를 듣게 된다. 내 마음이 표현하고 싶은 걸 다시 메아리처럼 외쳐준다.

어떤 일을 기록하건 자유롭다. 아무데도 쓸데없을 줄 알았던 내 경험들을 쉽게 흘려버리지 않게 해준다.

내가 쓴 글이 한 권의 책으로 만들어져 사람들에게 읽히는 걸 종종 그려본다. 예전엔 쓰지도 않고 망상에 사로잡혔지만 지금은 매일 쓰면서 상상한다.

망상이 나쁜 점만 있는 게 아니다. 누구나 망상을 통해 위안을 얻기도 하기 때문이다. 그리고 내가 아닌 다른 누군가가 되어보는 게 가능하다. 망상과 상상을 구분할 수 있다면 종종 망상에 빠져도 괜찮다고 생각한다. 10년 후면 글을 써서 돈을 잘 벌지 않을까, 망상에 빠지니 웃음이 난다.

'아 맞다. 나 그땐 이 세상에 없을 수도 있다.' 갑자기 현실이 떠올랐다. 뭐, 그렇다고 망상에 빠질 시간이 없진 않다.

⋮

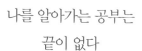

나를 알아가는 공부는
끝이 없다

사고가 나고 몇 년 뒤부터 책을 읽기 시작했고, 글을 쓰게된 지는 몇 년 되지 않았다. 책을 10년 넘게 읽은 뒤로 글을 쓰게 되었다. 전신 마비인 내가 선택할 수 있는 게 몇 가지 없었다. 컴퓨터 하기, TV 보기, 음악 듣기, 그리고 독서. 선택의 폭이 많지 않았다.

책이 인생을 배우는 데에 도움이 되었지만 채워지지 않는 뭔가가 있었다. '공부'가 머릿속에 떠올랐지만 계속 밀어냈다. 세상에서 가장 하기 싫은 게 뭐냐고 내게 묻는다면 망설임 없

:

이 공부다. 그렇지만 어차피 해야 한다는 걸 알고 있었다.

세상을 이해하고 싶고 나를 알고 싶어 30대 중반에 사이버 대학 상담심리학과에 들어갔다. 수업 초반에 '자기 우울함을 고치려고 공부를 한다면 아주 위험한 생각이다.'라는 교수님의 말을 듣고 찔렸다. 심리학 교수님은 직접 보지도 않은 학생들의 마음을 꿰뚫는다고 생각했다.

공부하면서 우울함을 떨치기는커녕 더 많은 짐을 지게 되었다. 습득할 범위가 많았고, 매주 출제되는 퀴즈와 과제의 양이 어마어마했다. 나와 비슷한 사례를 찾아보기도 힘들었다.

그동안 아무것도 하지 않았던 시간이 내 머릿속에 퇴행을 만들었는지 수업 내용이 이해되지 않았다. 이기적인 속마음이 '내가 혼자서 공부하고, 책을 읽으면 그게 저절로 내 문제를 해결하는 길로 가면 좋겠다.'고 했다. 그런 일이 일어날 리 없었다. 내가 한 만큼, 움직인 만큼만 지식이 쌓여갔다. 세상에 거저 되는 건 없었다.

내 학습 습득 능력이 너무 느려서 강의를 몇 번이나 돌려 들어야 했다. 그러니 시간이 부족했다. 스트레스가 누적되니 위장에도 무리가 왔다. 진도를 따라가지 못해 스스로에게 화가

⋮

45

났다.

어찌해야 할지 몰랐던 일이 다급해지니 스스로 움직이게 되었다. 학습하면서 모르는 부분을 인터넷 게시판에 올려 교수님에게 답변을 받았다. 강의를 노래 듣는 것처럼 들었더니 조금씩 늘어갔다. 학교에서 무료로 운영하는 상담센터에서 어떻게 공부해야 하는지 도움을 받았다. 수업 내용을 교안 중심으로, 매주 출제되는 퀴즈를 잘 정리했다. 공부에 점점 적응할 수 있었다.

'책을 단 한 권만 읽은 사람이 가장 무섭다.'는 말이 있다. 한 권의 책이 진리라고 생각하고 다른 것들을 받아들이지 않는 사람이 무섭다는 의미다.

내가 그랬다. 지식적으로 심리학을 조금 알았을 때, 친구들에게 먼저 상담을 해주겠다며 거의 반강제로 고민을 털어놓게 했다. 친구들이 편하게 털어놓은 고민을 진지하게 받아들여 그동안 배운 이론을 늘어놓았다.

"지금 너의 사랑은 어린 시절부터 충족되지 못한 사랑에서 온 건데……."

:

친구가 고마워할 줄 알았는데 예상치 못한 반응이 돌아왔다.

"너와 이야기하니 불편해."

정말 이상했다. 나는 분명 배운 대로 이야기했는데 불편하다니, 마음이 상했다. 그땐 내 잘못을 몰랐다. 공부를 더 하다 보니 그동안 내가 친구들에게 얼마나 큰 실수를 저지른 것인지 알게 되었다.

상담은 내담자에게 어떤 해답을 제시하는 게 아니었다. 스스로를 이해하도록 돕는 역할을 해야 했다. 조언과 충고는 상대가 원할 때만 해야 하는 거였다. 게다가 나는 친구의 상담사가 아닌 친구였다. 단지 자신의 이야기를 들어주는 친구가 필요했던 것이다.

모든 것을 심리학과 연결시키려는 생각도 실수였다. 그게 모든 문제를 해결하는 것 마냥 풀어가려 했다. 갑자기 많은 지식을 받아들이니 스스로가 신기했는지 사리 분별이 되지 않았다.

"내담자는 환자가 아니예요. 우리에게도 다 그런 모습이 있답니다."

마지막 수업에서 교수님은 어깨에 힘이 들어갈 뻔했던 내게 일침을 날렸다. 내가 보고 듣는 세상이 마치 전부 같았지만 착각이었다. 개개인이 다르듯 세상의 많은 것들이 다르다는 걸 알지 못했다.

　나는 스스로를 더 좋은 사람으로 만들고 싶었다. 완벽해지고 싶었고 실수하고 싶지 않았다. 나중에서야 그런 바람이 어디서 왔는지 알게 되었다. 다친 게 내 실수라 여겨 지우고 싶었던 것이다. 내가 붙잡고 있던 고집들을 놓아야 했다. 너무 애쓰지 않아도, 자책하지 않아도 되는 거였다.

　내게 닥친 상황을 당장 이해하지 못하더라도
　무의미하지 않다.
　때로는 애쓰지 않을 때 고통이 사라진다.

　내가 심리학 전공한 걸 아는 사람들이 종종 이런 질문을 한다.
"어떻게 장애를 잘 이겨냈어요?"
"아뇨. 이길 수 없더라고요."
그러면 고개를 갸우뚱한다.
"잘 견뎌내고 있어요. 그렇게 같이 살아가는 거죠."

⋮

심리학을 했다고 우울함이 눈 녹듯 사라지는 게 아니다. 장애와 우울증은 비슷한 부분이 있다. 이겨내는 게 아니라 하루하루를 함께 살아내야 한다. 그게 내가 살아가는 방식이다.

나는 여전히 무기력함에 사로잡혀 허우적거릴 때가 있다. 오로지 초라한 나만 보이고 아무것도 보이지 않으면 혼란스러움이 나를 뒤흔든다.

감정이 조금 가라앉으면 그제야 내가 보인다. 내가 나약한 사람이라는 것을, 나를 불안하게 만드는 건 계속 이어진다는 것을. 그렇다고 그게 끝이 아니라는 것을.

⋮

2장

아픔과 함께
살아가다

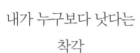

내가 누구보다 낫다는
착각

"장애인."

사람들이 많은 인파를 지나는데 멀리서 희미하게 들렸다. '누가 나보고 이야기하나?' 하고 두리번거렸다. 주위를 봐도 나를 쳐다보는 사람이 없었다. 왠지 모를 안도감이 들었다.

보이는 게 전부가 아니라 하지만 나는 아주 크게 느껴진다. 아름답고 화려한 것들이 좋아 보였고 초라하고 볼품없는 것들이 보기 좋지 않았다. 그중 하나가 나였다. 처음엔 장애인이란 단어가 내 입에서 쉽게 나오지 않았고, 상대가 나를 그렇게 부르는 게 낯설었다.

장애를 인정하지 않았지만 스스로를 동정했다. 자기 연민에 빠져 있었다. 슬픈 영화를 보면 주인공보다 내가 더 불쌍했고, 친구들의 안 좋은 소식이 들려오면 그것보다 내가 더 안쓰러웠다.

오로지 내가 불쌍한 것에 초점이 맞춰 있었다. 내가 못난 행동을 하거나 실수하면 괜찮았고 다른 사람이 잘못하면 화났다. 한없이 작아진 내 마음의 그릇은 다른 사람의 사정이나 마음을 담아낼 수 없었다. 나밖에 모르는 이기적인 사람이었다.

나의 우울함을 가끔 잠잠하게 만드는 게 있었는데 나보다 장애가 심한 사람을 만났을 때였다. 전신 마비로 팔조차 움직일 수 없는 사람을 보면 '내가 저 사람보다 낫구나.' 하며 안도하고 있었다. 일렁이던 내 아픔이 차분하게 가라앉았다. 그게 스스로에게 긍정적인 신호를 보내는 거라 여겼다.

어느 날, 친구가 내게 이런 말을 했다.

"우리 집에 아픈 사람이 없다는 게 얼마나 다행인지 몰라."

내 앞에서 왜 상처 되는 말을 하는지 흘겨보았다. 친구의 말을 듣고 보니 나를 두고 한 말이 아니었다. 이야기의 흐름상

:

54

자신이 건강검진을 받고 그 생각을 했고 오히려 나를 의식하지 않고 편하게 이야기를 한 거였다.

그때 제대로 알게 되었다. 나보다 못하다고 여겨지는 사람을 보며 내가 위안을 얻는다는 것을. 내가 생각보다 좋은 사람이 아니라는 생각이 들었다. 나도 모르게 누군가와 나를 비교해 상대를 낮추었다. 그동안 나쁜 일들이 내게만 오지 않으면 되는 줄 알았다.

다른 사람에게 쏟는 관심을 나에게 더 쏟는다면
사람들의 어떤 말에도 크게 흔들리지 않을 것이다.

어느 봄, 가족과 제주도로 여행을 떠나는 날이었다. 나는 집을 떠나 오랜만에 멀리 간다는 사실만으로 들떠 있었다.

비행기가 하늘로 뜨자마자 갑자기 분위기를 깨는 시끄러운 소리가 들렸다. 아이들의 소란스러운 소리가 들리는 쪽으로 다들 시선이 집중되었다. 한 아빠가 혼자서 아이 셋을 데리고 자리에 앉아 있었다.

아이들의 흥분이 사그라들 기미가 보이지 않았다. 나도 모

⋮

르게 눈살이 찌푸려졌다. 그런 아이들을 가만히 두는 아이들 아빠가 도무지 이해되지 않았다. 한 승객이 아이들을 진정시켜 달라고 승무원에게 말했다. 승무원이 아이들 아빠에게 다가가 이야기를 나누었다. 그리고 승무원이 무거운 표정으로 승객들에게 말했다.

"아이들 아버지께서는 아이들 엄마를 1년 전 사고로 세상을 떠나보냈고, 그 후 처음 가는 여행이라고 합니다. 아이들이 모처럼 들떠 있는데 혼자 아이들을 데리고 처음 하는 여행이어서 서툴고 두렵다고 하십니다. 죄송하다고 전해달라고 하셨습니다."

순간 다들 조용해졌다. 아이들 아빠가 아내를 보내고 얼마나 마음이 아팠을지, 아이들과 여행을 계획하며 얼마나 만감이 교차했을지 눈앞에 그려졌다. 나는 눈물이 핑 돌았다. 얼마 후 몇몇 승객들이 아이들에게 인사를 하거나 과자를 전해주기도 했다.

어떤 상황이 벌어진 사연을 잘 알면 저절로 마음이 움직이게 된다. 간혹 예의를 벗어난 어떤 사람의 행동에 불쾌해하다가도 그 속사정을 알면 그럴 수밖에 없다고 이해하게 된다.

⋮

그 상황에서 내가 그 사람보다 낫다고 여겨져서 이해된 게 아니었다. 내 마음의 그릇이 조금씩 다른 사람의 사정을 담으려고 애쓰고 있었다.

⋮

행복하지 않으면
어때

"너는 언제 가장 행복해?"

"맛있는 거 먹을 때!"

친구의 물음에 망설임 없이 대답이 나와 놀랐다. 그동안 자세히 생각해보지 않아 몰랐지만 내가 하는 것들 중에 먹을 때만큼은 우울하지 않았다. 뭘 먹을 때 막 설레거나 기대되지는 않아도 맛있는 음식을 음미하는 게 좋았다.

참 단순했다. 식욕을 채우는 게 가장 행복하다니, 그만큼 행복에 대해 고민하지 않아서였을까. 먹는 순간의 즐거움은 행

:

복이 아니라 배고픔에 대한 충족감이 아닌가 여겨졌다.

사전적 의미로 행복은 '생활에 충분한 만족과 기쁨을 느끼는 상태'라 한다. OECD에서 인간의 주관적인 행복은 '사람들의 정신상태 혹은 마음상태가 좋을 때'라고 정의한다. 그 의미를 생각하면 먹는 게 충분한 만족이나 마음상태를 계속 좋게 만들지는 못한다. 그저 본능을 충족시킨 만족함이다.

과연 행복한 삶은 어떤 것인지 고민했다. 나는 뭔가를 가져 만족하기보다는 덜어내고 싶었다. 내게 찰거머리같이 붙어 있는 우울함을 없애고 싶었다. 내게서 사라지면 답답했던 가슴이 좀 트일 것 같았다. 그게 안 된다면 이 우울함의 끄트머리에만 살짝 걸쳐도 괜찮을 것 같았다.

우울증이 심했을 땐 먹는 게 귀찮았다. 삶을 이어갈 의지가 없는데 즐거울 리 없었다. 식사 때가 되면 스트레스였고 살기 위해 먹는 거였다. 뭘 먹어도 다 비슷한 맛이 났다. 씹는 것조차 귀찮아서 되도록 덜 씹어야 하는 음식 위주로 먹었다. 배고픔이 내 의지와는 다르게 빨리 온다는 걸 받아들이고 싶지 않았다. 먹는 건 인생에서 힘든 일 중 하나였다.

⋮

눈부시게 따뜻한 날도 내겐 추운 날이었다. 시도 때도 없이 내 마음이 흔들렸고 온통 슬프고 아픈 일들만 넘쳐났다. 내가 좋아하던 따뜻한 봄, 싱그러운 여름도 다 겨울같이 매서운 바람이 불었다.

어쩌면 행복은 생각보다 가까운 곳,
아주 사소한 것에 머물러 있지만
알지 못하고 살고 있는지 모른다.

내 주위에 벌레를 무서워하는 친구가 있다. 파리에서부터 바퀴벌레, 모기 등 모든 벌레를 싫어한다. 함께 어딜 가면 주위를 둘러보는 게 버릇이었다. 어디서 알 수 없는 벌레가 나올지도 모른다는 두려움 때문이었다.

"나는 벌레가 제일 싫어. 이 세상에서 사라지면 좋겠어."

"그러면 생태계가 파괴될 텐데."

"상관없어. 벌레가 없으면 행복할 것 같아."

고개가 갸우뚱했다. 벌레가 사라지면 행복할 것 같다니, 있을 수 없는 일이었다. 그렇다면 친구에게 행복이 오지 않을 것

⋮

같았다. 그게 어리석다고 생각한 순간, 나도 다르지 않았다는 걸 알았다. 나 또한 우울함이 사라져야 행복할 것 같다고 여기지 않았던가.

우울함을 피할수록 스스로가 미워져 더 괴로워졌다. 우울함을 사라지게 만드는 게 행복이 아니라면 어떤 마음으로 대해야 하는지 궁금했다. 내 안에 두려움을 있는 그대로 보는 것이다. 느껴지는 감정을 피하지 않고, 이해하고 받아들이는 게 필요했다. 내 속에 꾹꾹 눌러왔던 이야기를 조심스레 꺼내보았다.

'아무것도 하고 싶지 않다. 살고 싶지 않다. 너무 우울하다. 내가 밉다. 그냥 차라리 세상이 멸망한다면 얼마나 편할까?'

속이 후련했다. 그동안 말하지 못한 비밀을 누군가에게 털어놓은 거 같았다. 몇 년 동안 그게 내 진심이라 믿고 살았다. 속마음이 진심인지 아닌지 확인할 수 있는 일이 그 후에 일어났다.

갑자기 엉덩이에 생긴 상처가 커져 수술까지 하게 된 것이다. 내가 수술 시 사망할 수도 있다는 수술 동의서에 보호자가 사인을 해야 했다. 그럴 가능성이 희박했지만 순간 겁이 났다. 그리고 간절히 살고 싶었다.

:

가만히 생각해보니 그동안 정말 무서웠던 건 보이지 않는 미래였다. 내가 어느 순간, 어떤 모습으로 죽을 지 모른다는 게 두려웠다.

입버릇처럼 죽고 싶다고 혼잣말을 했지만 솔직히 살고 싶었다. 죽고 싶은 게 아니라 다른 방식으로 살고 싶은 거였다. 지금처럼 감정의 밑바닥에서 허우적대지 않는 고통 없는 삶으로 살고 싶었다.

행복함을 느끼는 건 좋지만 다른 사람에게 강요할 수는 없다. '너는 충분히 행복해질 수 있다.'는 사람들의 위로가 때로는 나를 아프게 했다. 삐뚤어진 내 마음이 '지금은 많이 불행한 것처럼 보이니 행복해지려고 노력해라.'는 말로 받아 들였다.

이젠 다르다. 행복해지지 않으면 어떤가, 또 어떤 상황에서 행복하다고 느끼면 어떤가. 내게 행복에 대한 정답은 없다. 잘 견뎌온 나날을 되돌아보면 그게 행복이 될 수도 있다.

:

꿈속으로 도망치고
싶었다

　트라우마 때문에 하루에 몇 가지 꿈을 꾸고, 일주일에 한두 번은 악몽을 꾼다. 꿈이 너무 생생해서 현실로 착각할 때가 있다.

　사고와는 상관없는 다른 일들이 일어났다. 어떤 사람들이 나를 쫓아와서 도망가다가 붙잡혀 목을 졸리는 것, 어떤 방 안에서 모르는 사람의 시체를 보는 것, 누군가가 갑자기 내 배를 칼로 찔러 아파하는 것. 한 번도 겪어보지 못한 잔혹한 장면들이 꿈에 나왔다. 도망 다닌 날엔 깨고 나서도 다리에 통증이 느껴지고 고통이 고스란히 전해졌다. 처음 몇 년간은 너무 힘들었다. 악몽에서 벗어날 수 있는 방법을 찾았지만 소용없었다.

한 가지 다행인 건 단지 꿈이었다는 것이었다. 그곳에서는 내가 위협을 당하거나 다치거나 죽어도 잠에서 깨면 다시 원래의 모습으로 되돌아갔다. 어떤 꿈을 꿀지 선택할 수 없지만 깨어나면 없던 일이 되었다. 아무리 무서운 악몽도 모든 걸 다시 되돌릴 수 있었다.

꿈에서 정신을 가다듬고 '그래, 이건 꿈이다. 나는 깨어날 수 있어.' 생각했다. 그렇게 집중을 하는 순간, 꿈에서 깼다.

한 번은 내가 있는 곳에 큰 미사일이 떨어지는 꿈을 꿨다. 건물과 집들이 날아갔고 사람들이 울부짖었다. 바로 눈앞에서 전쟁 같은 장면을 보고 있으니 심장이 너무 빨리 뛰었다. 나는 정신을 가다듬고 꿈이라는 사실에 집중했다. 그리고 사람들에게 외쳤다.

"여러분, 이건 꿈이에요. 괜찮아요."

그러자, 모든 사람들의 동작이 멈추면서 나를 이상한 사람 보듯 뚫어져라 쳐다보았다. 그리고 한 사람이 다가와 내 귓가에 속삭였다.

"여긴 네가 원하는 세상이 아니야. 너한테만 꿈이겠지."

⋮

그때 꿈에서 깼고 소름이 돋았다. 며칠 동안 그 꿈이 머릿속에 맴돌았다. 내게 잠재되어 있던 생각이 꿈에 나타나 스스로를 일깨워준 기분이었다.

현실에서 일어난 일은 절대 없던 일이 되지 않았다. 내가 처한 현실이 너무 무서웠다. 악몽, 그건 어쩌면 내 현실을 피할수 있는 돌파구였던 것이다. 내가 숨 쉬는 작은 틈이라 여겼다. 힘든 사건이 많이 일어나는 공간이었지만, 한편으로는 건강했던 내 모습을 볼 수 있었던 유일한 공간이었다. 그러나 꿈에서 누군가가 말한 것처럼 내가 원하던 세상은 그곳이 아니었다.

꿈속으로 도망치고 싶었다.
꿈에서는 실제로 일어난 일이 아니기에
책임질 일이 없었고 없던 일로 만들 수 있었다.

인터넷에서 선천적으로 시각 장애를 가진 사람을 보았다. 그는 항상 악몽을 꾼다고 했다. 다쳐서 장애를 가진 게 아닌데 사고가 나거나 다치는 꿈을 꾼다고 했다. 장애를 가진 불안함

⋮

65

이 꿈속에 반영되어 다른 위험한 사건들로 나타나는 것 같았다. 나만 악몽에서 헤어 나오지 못하는 게 아니었다.

악몽에서 빠져나오는 법은 어렵다. 아니, 어쩌면 평생 벗어나지 못할 수도 있다. 그 사실을 이해하고 받아들이는 데에 오랜 시간이 걸렸다.

고통스러운 악몽이 종종 잊힐 때가 있다. 그건 길몽을 꿀 때였다. 나쁜 꿈을 해석하듯 좋은 꿈을 긍정적 의미로 풀어내려 했다.

꿈에서 땅에 돈이 나오는 걸 자주 경험했다. 큰 나무 밑에 땅을 파면 돈이 계속 나왔다. 웃긴 점은 나는 돈을 좋아하는데 꿈속에선 욕심 내지 않았다. 돈이 계속 나오는데도 만 원짜리 지폐 몇 장만 주머니에 담아 그 자리를 떴다. 그런 꿈을 한두 번 꾼 게 아니었다.

꿈에서 큰 나무가 등장하면 '아, 여기 밑에서 돈이 나오지 않았나?' 하며 땅을 파면 틀림없이 거기서 돈이 나왔다. 그런 날은 복권을 사기도 했고 좋은 일을 기대하기도 했다. 그러나 아무 일도 일어나지 않았다.

⋮

악몽을 꿨을 때도 마찬가지였다. 그날은 나쁜 일도 좋은 일도 일어나지 않았다. 어떤 꿈을 꾸건 아무 일이 일어나지 않는다는 걸 알고 난 후부터는 '그런가보다.' 하며 하루를 보낸다.

악몽은 그저 내가 겪은 고통의 두려움이 무의식에 나타나는 것일 뿐, 내 삶에 어떤 어두운 의미가 되지 않는다. 이젠 꿈속으로 도망칠 이유가 더 이상 없다.

:

감정도
대필이 될까

학창시절에 내가 가장 많이 한 게 있다. 친구들의 연애편지 대신 써주기, 그리고 연애 상담이었다.

연애편지는 간단했다. 그 당시 유행하는 가사를 쓰거나 시를 쓰고 '좋아한다, 보고 싶다.'는 말을 반복하면 되었다. 친구를 대신해 감정을 이입해 쓰는 게 흥미로웠다. 친구들에게 대필 작가로 인정받았다는 것도 즐거웠다.

내게 온 연애편지를 쓴 적도 있었다. 작년에 오랜 시간 묵혀둔 상자를 발견했다. 그 안에 고등학교 때 나를 좋아했던 아무

⋮

개 군이 보낸 편지가 있었다. 어떤 내용일지 궁금했다. 편지를 다시 보니 오래되었지만 기억이 새록새록 떠올랐다.

  "유신 낭자 보시오. 난 아무개 도령이오. 어느덧 시간이 흘러 벌써 가을이구려. 하지만 날이 여전히 더워서 가을 같지 않지만 새벽바람은 몹시 차구려. 그래서 낭자의 건강이 염려되오.
  낭자, 오늘따라 햇살이 머문 그대의 뒤통수가 하늘에서 내려온 선녀같이 화사하구려. 그런데 뒤에서 불러도 왜 한 번도 뒤돌아보지 않소. 어찌하여 그대는 내 마음을 모른단 말이오. 아마 하늘이 무너지는 소리가 이 마음보다는 크지 않을 것이오. 슬프오. 흑흑.
  낭자, '품행 방정한 규수 뽑기 대회' 준비는 잘 되어가오? 꼭 그대가 1등을 해야 하오. 아버님께서 그 대회에서 1등 한 사람과 나를 짝지운다 하셨소. 만약 낭자가 1등을 하지 못하면⋯⋯. 으악! 난 갑순이와 맹순 낭자는 싫소. 부디 나를 이 구렁텅이에서 구해주길 바라오.
  어느덧 자정이오. 밖에 귀뚜라미가 울고 있구려. 이 귀뚜라미가 낭자에게 내 마음을 전해 주었으리라 믿소. 낭자, 바람이

⋮

차니 내가 보내준 내복 꼭 입으시오. 요즘 다시 빨간 내복이 유행이라오. 아마도 내복 입은 그대 모습에 선녀도 빛이 바랠 것이오."

기억을 더듬어 내가 쓴 답장 내용을 되살려보겠다. 즐거웠던 추억이라 그런지 신기하게도 내가 어떤 내용을 썼는지 금세 떠올랐다.

"아무개 도령, 먼저 사과하겠소.
'품행 방정한 규수 뽑기 대회' 붙어 있던 방을 보았소. 그건 내가 나설 곳이 아닌 것 같소. 그리 많은 서책을 내 머리가 감당하지 못할 뿐더러 찻잔을 머리에 이고 걷는 건 더더욱 할 수 없소. 절대 못 하오. 부디 좋은 처자를 만나길 바라오.
추위를 많이 타서 보내 준 내복은 꼭 입겠으나, 이런 이런! 내복 핏까지 좋으면 어쩌란 말인지 원.
추신, 아 일전에 뒤에서 부르는 걸 몰랐소. 일부러 그런 건 아니오. 이래저래 미안하게 되었소. 그리고 웬만하면 밤에는 돌아다니지 마시오. 얼굴이 까매서 오해를 받을 소지가 다분

:

히 있소."

나는 학창시절에 상대의 마음을 헤아리지 못했다. 그건 그 사람의 감정이니 알아서 정리해야 한다고 생각했다. 누군가와 친구처럼 편지를 주고받는 건 좋았지만 고백의 편지를 받으면 부담스러웠다. 아마 상대는 좀 친해졌다고 생각하고 고백했는데 갑자기 찬바람이 분다고 생각할 수도 있었을 것이다.

희한하게 친구 대신 편지를 쓸 땐 좋아한다거나 보고 싶다는 말이 스스럼없이 나오는데 내 이야기가 된다고 생각하면 용기가 나지 않았다. 아마 스스로의 감정을 알고 싶지 않아서 피하고 싶었나 보다.

그저 쉬운 건 친구들의 연애편지 대필이나 연애상담이었다. 친구들은 내게 고민을 털어놓으면서 듣고 싶은 대답을 미리 정하고 묻는 게 대부분이었다. 그들이 원하는 걸 내가 공감해 주기만 하면 마치 정답을 찾았다는 듯 개운해했다.

내게 연애 상담하는 친구들이 가장 듣고 싶어 하는 말이 있다. '그런 남자를 왜 만나냐?'가 아니다. '그 남자 너 진짜 좋아하나보다.'라는 확인이다. 불안하기에 자꾸 다른 사람에게 확인하고 싶은 것이다.

　상대의 마음을 확인해도 확신이 들지 않는 것은
　나도 나를 모르는데
　그 무엇도 확신할 수 없기 때문이 아닐까.

　나는 감정을 표현하는 게 어렵다. 상대에게 마음을 전달해도 잘 받아들여질지 두렵다. 사랑하는 사람이 아닌 친구들에게도 그렇다. 다른 사람을 관찰해보면 쉽게 파악이 되는데 정작 스스로를 너무 모르는 게 문제다. 왜 남의 연애사는 그렇게 똑 부러지게 이야기하면서 막상 내 이야기가 되면 먹통이 되는 걸까.
　나의 감정은 대필이 되지 않는다. 누군가가 대신 표현할 수 없고 그려낼 수 없다. 결국 내가 써나가야 한다.

슈퍼맨에게도
상처는 있다

나는 건강한 마음을 가진 사람이 부러웠다. 자신감을 갖고 표현을 잘하면서 상대방의 말을 잘 들어주는 사람이 되고 싶었다. 건강한 마음의 비결이 과연 무엇인지 생각했다. 태어날 때부터 자연스레 지닌 건지, 살아가면서 터득한 건지 궁금했다. 특히 나처럼 갑작스러운 사고로 다치거나 신체의 일부를 잃은 사람들이 어떻게 어려움에서 빠져나왔는지 알고 싶었다. 그런 사람들을 의외로 책과 TV 등을 통해 수월하게 접할 수 있었다.

⋮

그들은 자신의 상처를 딛고 일어선 이야기를 어렵지 않게 털어놓는 것처럼 보였다. 사고가 그 전과는 다른 삶을 줬다는 이야기를 듣기도 했다. 그들에게 장애는 불편한 걸림돌이 아닌 것 같았다. 정말 대단한 사람들이라 여겨졌다.

사람들이 내게 어떻게 다쳤냐고 물으면 아직도 쉽게 말이 나오지 않고 내 소개를 하는 게 어렵다. 게다가 장애가 내 삶의 걸림돌이라고 여겨지기도 한다. 그건 장애가 부끄럽다는 의미가 아니다. 휠체어를 타고 나서 뭐든 할 수 있는 기회가 줄었기 때문이다.

상처를 딛고 일어선 이야기들을 대하며 한동안 내 삶이 잘못된 방향으로 가는 건 아닌가 생각했다. 얼른 내 태도를 바꿔 아픔에서 빨리 빠져나가야 한다는 강박 관념에 사로잡혀 점점 지쳐 버렸다. 내가 아닌 누군가의 기준에 맞춰 살아가고 있었다. 그 모습은 진정한 내가 아니었다. 나는 나만의 모습과 상처가 있었다.

나와 비슷한 사람을 찾다가 우연히 영화 〈슈퍼맨〉으로 유명했던 배우, 크리스토퍼 리브를 알게 되었다. 그는 1995년 낙마

사고로 전신 마비 판정을 받았다. 2004년에 세상을 떠났지만 살아있는 동안 TV나 뉴스에서 그의 소식을 간혹 접했다.

그는 5년 동안 재활운동을 통해 자신의 운동 능력보다 조금 좋아졌다고 했다. 신체 마비 환자를 위한 치료재단을 세웠고 배우로 다시 활약했다. 장애의 한계를 뛰어넘으려고 노력했다. 사람들이 그가 영화에서만 아니라 진짜 슈퍼맨이 된 거라고 감탄했다.

나는 그의 인생이 남 일 같지 않았다. 그가 한 일들이 너무 훌륭하게 여겨졌고 본받고 싶었다. 그러나 그것보다 그렇게 되기까지 얼마나 노력했을지에 관심이 기울어졌다. 분명 훌륭한 업적 뒤에는 수많은 고통의 시간이 있었을 것이다.

그는 〈타임〉지 인터뷰에서 사람들이 전신 마비가 된 그에게 영화 속 슈퍼맨이 아닌 진짜 슈퍼맨이 되었다는 말을 종종 한다며, 그때마다 그 말이 언짢다고 표현했다.

"환상 속이 아니라 현실 속의 슈퍼맨이 되는 것은 너무나 힘겹습니다. 왜 저의 상처에도 역할이 주어져야 하는지요."

그는 사람들에게 슈퍼맨이라는 칭호가 불편하다는 걸 표현했지만 사람들은 말 그대로 받아들이지 못하는 것 같았다. 대부분 사람들은 그의 인터뷰를 보고 뭐든 포기하지 않고 희망을 가져야 한다는 메시지를 얻는다고 했다.

누군가가 아픔을 이겨내는 걸 보고 희망을 갖는 건 좋은 일이다. 그러나 상대방이 불편하다고 하면 그대로 이해해야 한다. 그는 사람들에게 현실 속 슈퍼맨이 되는 게 힘들다고 단호하게 이야기했지만 그 말을 새겨듣지 않고 자기식대로 해석하는 사람들을 보니 마음 아팠다. 마치 한 사람의 힘겨운 삶을 너무 가볍게 여기는 것 같았다.

스스로를 존중하지 않을수록
남의 기쁨이 그리 기쁘지도,
남의 고통이 그리 아프지도 않게 된다.

자신의 상처를 이야기한다는 건 정말 큰 용기가 필요하다. 내가 우울증이 심했을 때, '나는 마음이 아파.'라고 말하기 두려웠다. 몸이 불편한데 마음까지 병들었다는 말을 듣고 싶지 않았다. 그건 부끄러운 게 아니었다. 몸이 아프면서 마음이 아플 수 있고, 몸이 건강해도 마음이 아플 수 있었다.

:

안타깝게도 리브의 깊은 상처를 공감하려는 사람은 거의 없었다. 주위에 분명 있었겠지만 적어도 인터넷을 비롯한 여러 매체를 찾았을 때 그의 아픔을 진정성 있게 다루는 내용이 없었다. 그 사람의 삶이 얼마나 힘들었을지 보다 그 결과가 하늘에서 뚝 떨어진 것처럼 보고 평가하는 게 대부분이었다. 나도 모르게 사람들 사이에서 상처 받는 것처럼 그가 사람들의 관심 속에서 얼마나 많은 고통을 견뎌냈을지 떠올려 보았다.

그가 했던 말에서 그 마음이 느껴졌다.

"약점이 있음에도 불구하고 인내하고 견디는 힘을 발견하는 평범한 사람들이야말로 진정한 영웅이라고 생각합니다."

이 말은 마치 '나만 영웅이자, 슈퍼맨이 아니에요. 모두가 영웅이 될 수 있어요. 나 또한 상처를 가진 평범한 사람이지요.'라는 고백 같았다.

만약 리브가 지금도 살아 있어서 회복이 어려운 아픔을 안고 우울 속에 헤매는 사람을 만난다면 어떤 말을 했을지 상상해 보았다. 어쩌면 깊은 상처를 안고 살아가는 내가 듣고 싶은 말일지도 모르겠다.

"죽지 못해 사는 게 삶이라면, 그 또한 삶입니다. 어떤 역할

⋮

이 정해져서 살아가야만 하는 게 삶은 아닙니다. 그저 상처 있는 삶을 견디는 것만으로도 잘 살고 있다고 이야기하고 싶습니다."

⋮

누구에게나
일어나는 일

태어날 때부터 우리 집에 살다시피 한 큰 조카는 내게 사랑
스러운 조카고 마치 어린 동생 같은 존재다. 조카가 태어나기
전부터 내가 휠체어를 탔기에 그 이유가 궁금하지 않을 거라
생각했다. 대여섯 살이 되는 해에 갑자기 물었다.

"이모, 어디 다쳐서 아픈 거야?"

"아, 나는 목 신경이 다친 거야."

그러니 자기 가방에서 대일밴드를 꺼내 나의 목 중간에 붙
였다.

⋮

"이모, 이제 밴드 붙였으니 나을 거야. 이모도 일어설 수 있어."

어딘가가 다치면 대일밴드가 낫게 한다는 믿음이 있던 거였다. 그렇게 함께 많은 시간을 보내던 조카가 고등학생이 되었을 때 내게 이런 말을 했다.

"이모, 벌써 40대야? 진짜 나이 많다. 늙었어."

"응. 너도 늙었어. 그 아기가 어느새 고등학생이야."

"그건 그래. 나도 진짜 늙었어."

우리는 서로의 얼굴을 보며 웃었다.

"이모는 돌아가고 싶은 나이가 있어?"

"음⋯⋯. 글쎄, 없는 것 같아."

"나는 아기. 공부 안 하는 아기."

"그러면 네가 원하는 걸 말하지 못해 답답할 텐데 괜찮겠어?"

"아니, 그건 싫어."

나도 예전엔 시간을 되돌리고 싶다는 생각을 자주 했다. 시간을 되돌려 지금과는 다른 삶으로 만들고 싶었지만 다 소용없는 것이다. 만약 돌아갈 수 있어도 내가 그 당시 어떤 선택

⋮

을 했는지 모른다면 똑같은 선택을 할 것이고, 그러면 그 고생을 두 번이나 해야 하는 거였다.

　태어난 지 오래되었든 오래되지 않았든 우리에겐 같은 시간이 주어지지만 다르게 느낀다. 노년일 땐 중년이, 중년일 땐 청년이, 조카처럼 학생일 땐 아기 시절이 그리울지 모른다. 우리에게 주어진 시간을 사람마다 다르게 느끼듯 어떤 일이 일어나면 다 다르게 받아들인다. 누구에게나 좋은 일과 나쁜 일이 일어나게 되어 있다.

　건강할 땐 인생에서 교통사고가 일어날 거란 상상을 해보지 않았다. 비슷한 일을 겪은 사람을 보지 못했고 장애가 심한 사람을 직접 본 적이 없었다. 상상해보지 않았어도 이미 일어난 일은 되돌릴 수 없다. 전신 마비가 된 몸을 적응해나가는 건 내 몫이다.

　장애를 가지니 경험하지 않고는 알 수 없는 고충이 있었다. 내 몸이 원하는 걸 스스로 할 수 없다는 게 가장 이해하기가 어려웠다. 노력하다 보면 안 되는 것도 움직여질 줄 알았다. 달라진 내 몸에 적응하는 데에 한참이 걸렸다. 마치 아무도 없

⋮

81

는 외딴곳으로 버려진 기분이었다. 어쩌면 스스로가 정해놓은 기준이 높아 전신 마비가 된 나를 밑바닥으로 몰아넣은지도 모르겠다.

요즘 유튜브에 보면 나와 비슷하거나 아니면 다른 장애를 가진 사람들을 꽤 많이 볼 수 있다. 내가 원하는 걸 검색하면 거의 다 나올 정도다.

예전엔 병원에 가거나 인터넷 카페에 가입해야 나와 비슷한 장애를 접할 수 있었는데 이젠 다르다. 그러니 점점 장애가 내게만 일어난 일이 아닌, 누구에게나 일어날 수 있는 일로 다가왔다. 큰 사고나 나쁜 일들이 누구에게나 일어날 수도 있다는 이야기를 하고 싶은 게 아니다. 그동안 몰랐지만 내 주위에 보이지 않는 상처를 가진 사람들이 많았다. 자신의 인생이 크게 흔들릴만한 시련을 겪으며 괴로워하는 사람들이 있었다. 그땐 내게 말을 하지 않으니 몰랐고, 그때의 나는 들을 준비가 되어 있지 않았다.

고통은 나를 포기하게 만들었고
다시 살고 싶게도 했다.

⋮

유튜브에 나와 비슷한 아픔을 가진 사람들을 만날 수 있는 반면, 다른 삶을 살아가는 사람들을 쉽게 볼 수 있다. 연예인 못지않게 아름답고 그림을 잘 그리거나 메이크업을 잘하는 등 재주 많은 사람들이 많다. 순간 부러웠다. 그들은 마치 드라마 속 주인공처럼 현실과 동떨어진 삶을 사는 것처럼 보였다. 그들에겐 좋은 일만 일어나고 좋은 곳만 가는 것 같았다. 아마 그렇지만은 않을 것이다. 그들의 노력을 아마 상세히 안다면 나는 그들처럼 되기를 짐짓 포기할지도 모른다.

"내가 세상에서 한 가지 두려워하는 것이 있다면 그것은 내 고통이 가치 없이 되는 것이다."

도스토예프스키가 한 말이다. 고통이 나를 힘들게 했지만 앞으로 어떻게 살아야 할지 가르쳐주기도 했다. 건강을 더 관리하게 되었고 죽음은 나중 일이 아니라는 걸 더 실감하게 되었다.

인생에 정해진 길은 없다고 생각한다. 다만 고통이 닥쳤을 때 내게 무엇을 말하려는가를 기다린다면, 적어도 가혹한 벌이 되진 않을 것이다. 그건 내가 본 또 하나의 세상이 될 것이다.

$\vdots$

3장

페이지마다
새로운 세상이 펼쳐지다

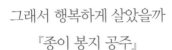

그래서 행복하게 살았을까
『종이 봉지 공주』

나는 동화책을 좋아한다. 동화책이라고 유치하거나 가볍게 넘길 내용이 아니다. 그림 속에 상상력을 더할 수 있고 울림을 줄 수 있다. 처음 동화책을 접하게 된 건 고전 때문이었다. 고전을 반드시 읽어야 한다는 독서광들의 말에 고전을 펼쳤지만 머릿속에 들어오지 않고 책장을 넘기기 어려웠다. 그 답답한 마음을 해소하기 위해 동화책을 찾았다.

마침 집에 조카가 보던 동화책이 있었다. 로버트 문치, 마이클 마르첸코의 『종이 봉지 공주』였다. 책을 펼치니 그전과는 다른

⋮

세상이 펼쳐졌다. 글자가 크고 그림이 있어 눈이 시원했다.

이 책에선 여느 동화처럼 왕자와 공주가 등장한다. 둘이 결혼할 예정이었는데 갑자기 용이 나타나 왕자를 잡아간다. 공주가 왕자를 구하기 위해 용과 싸우다 불을 뿜는 용에게 옷이 다 타게 된다. 공주의 지혜로 용을 무찌르지만 입을 게 없어 봉지를 주워 입고 왕자를 구한다. 여기까진 정말 뻔하다고 생각했다. 그러나 왕자가 자신을 구해준 공주에게 했던 말에서 이야기는 달라진다.

"엘리자베스, 너 꼴이 엉망이구나! 아이고 탄내야. 머리는 헝클어지고, 더럽고 찢어진 종이 봉지나 뒤집어쓰고, 진짜 공주처럼 챙겨 입고 다시 와!"

공주가 왕자를 구하려고 엉망인 꼴로 간 건데 고마워하기는커녕 화를 낸 것이다. 내가 공주였으면 '웃기고 있네. 너나 잘해.'라고 했을 것이다. 그렇게 남 이야기니 잘할 수 있지, 막상 내가 그런 말을 들었다면 바로 눈물부터 터져 나왔을 것이다.

내가 좋아했던 사람이 있었다. 그의 사소한 말과 행동에 얼마나 큰 의미를 부여했는지 모른다. '잘 자.'라는 말에 '내게 관

⋮

88

심 있나?' 했고, '나 지금 바빠.'라는 말에 '내가 싫은 건가?' 했
다. 그가 하는 말이 곧 내가 되는 것 같았다. 간혹 그에게 예쁘
다는 말을 들으면 내가 세상에서 가장 아름다운 사람이 되었
고, 그에게 무시당했다고 느껴질 땐 세상에서 가장 추한 사람
이 되기도 했다.

동화 속 공주는 달랐다. 왕자의 말에 휘둘리지 않았다.

"그래, 로널드, 넌 옷도 멋지고, 머리도 단정해. 진짜 왕자
같아. 하지만 넌 겉만 번지르르한 껍데기야."

그 뒷이야기가 더 멋지다. 공주는 왕자와 결혼하지 않았다.
얼마나 멋진 태도인가. 오히려 용 덕분에 공주가 왕자의 진짜
모습을 알게 된 것이다.

그땐 그저 가볍고 재밌는 동화라고만 생각했다. 몇 번 다시
읽으니 내게도 적용되는 이야기였다. 공주에게 용이 나타나지
않았으면 왕자의 진짜 모습을 보지 못했을 것이다.

내게 '용'이라는 걸림돌이 바로 '장애'다. 나를 꼼짝도 못하게
붙잡아 괴롭히고 있다. 한편으로 그 장애가 나를 다시 살게 만
들었다. 휠체어에 앉아서 보게 된 세상은 건강했을 땐 보이지
않는 것들이었다.

:

흔히들 새로운 세상을 경험하려면 책을 읽거나 여행을 떠나라 한다. 환경이 바뀌면 내 시선도 바뀐다는 의미다.

휠체어를 타니 그동안 불편하다고 느끼지 못한 것들이 온 세상에 널려 있었다. 예전엔 자연스레 걷던 곳이었는데 불편하게 다가오니 당황스러웠다. 작은 턱 하나에도 휠체어 바퀴가 걸려 휘청거렸고 흙길이나 계단은 공포의 대상이 되었다.

반대로 지금 불편하지 않은 것, 내가 보는 게 당연하지 않다고 생각하면 세상이 다르게 보인다. 내가 보는 모든 것들을 향해 고맙다. 하지 못하는 것에 빠져나와 할 수 있는 것들을 보면 나도 모르게 감사가 나온다. 내가 장애를 가져서 세상이 다르게 보이는 건 아니다. 그 누구든 마음을 열면 볼 수 있다.

당연하게 받아들인 것들이 당연하지 않다는 것을 알게 되면 그동안 보이지 않았던 것들이 보인다.

현실에선 누군가가 나를 구해주지 않는다. 다른 사람이 내 인생을 대신 살아주지 않는다. 그건 내게 도움을 주는 고마운 가족과 주위 사람들과는 다른 개념이다.

⋮

자기 연민에 빠져나와 현실을 보면 스스로를 막고 있는 장애물을 찾을 수 있을 것이다. 한때는 내 인생이 다른 동화 속 결말처럼 공주가 왕자와 결혼하며 '그래서 행복하게 살았습니다.'가 되기를 바랐다. 이젠 다르다. 사랑을 얻는다고 다 행복한 건 아니다. 때로는 사랑이 이뤄지지 않아서 더 행복할 수 있다.

『종이 봉지 공주』는 예상치도 못한 이야기로 흘러간다. 인생이 생각대로 움직이지 않는다는 걸 보여준다. 내 삶에서 생각대로 바로 된 건 '이렇게 먹다가는 살이 찔 텐데.'밖에 없었다.

동화책 마지막 장에 공주가 누더기 옷을 입은 채 태양을 향해 달려가는 뒷모습이 나온다. 두 손을 높이 들고 다리를 힘차게 들어 올려 왕자와 결혼하지 않아 홀가분해하는 공주의 모습이다. 정말 많은 상상을 하게 한다. 분명 공주는 얻은 게 없고 오히려 잃었는데도 마치 세상을 다 가진 것처럼 보였다.

세상이 예상치 않게 흘러간다는 마음의 준비가 있다면 누구든 종이 봉지 공주처럼 당당해질 수 있다. 미래의 나는 겉모습이 엉망이더라도, 우울함이 계속 자리 잡고 있더라도 나만의 당당한 삶을 살아가는 사람이 되면 좋겠다.

⋮

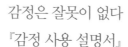

감정은 잘못이 없다
『감정 사용 설명서』

'어떻게 내가 나를 두려워 할 수 있을까?'

우울함이 좋아졌다고 생각했는데 나도 모르게 금세 눈물을 흘리고 있었다. 그러다 또 혼자 화를 냈다가 조금 뒤 세상이 아름다워 보였다. '내가 왜 이러지?' 생각해봐도 딱히 이유가 없었다. 감정에 중간이 없었다. 어디로 튈지 알 수 없는 내 마음이 무서웠다.

오랜 시간 가져온 의문이 풀리는 책을 찾았다. 롤프 메르클레, 도리스 볼프의 『감정 사용 설명서』다.

⋮

이 책에서는 스스로를 두려워하는 이유가 내 생각이 감정을 결정하고, 내가 생각하는 대로 느끼기 때문이라 했다. 타고난 기질에 따라 화를 잘 내는 게 아니라 성향이 달라 다르게 반응하는 거라 했다.

내가 처한 상황에서 '역시 나는 안 될 거야.'라는 생각과 함께 눈물이 나고 두려운 거였다. 어떤 감정이 드는 건 당연한 거지만 계속 물고 늘어져 괴로워하는 건 내 책임이었다.

"가을에 사과가 열릴 무렵, 이 나무에 달린 사과 중 한 줄 전체가 벌레를 먹고 썩어있다는 걸 발견했다. (중략) 과일 중 일부가 썩었다고 하여 그 나무를 베어 없앨 텐가?" – 롤프 메르클레, 도리스 볼프,『감정 사용 설명서』

내가 좋지 않은 생각을 했다고 나를 나쁜 사람으로 단정 지을 수 없다는 것이다. 나는 좋은 열매를 맺을 수도 나쁜 열매를 맺을 수도 있는 사람이다. 그 생각을 하려면 스스로를 사랑하는 마음이 바탕이 되어야 한다.

좋아하는 사람을 비난하거나 부정적으로 이야기를 하진 않

：

는다. 오히려 내가 상처 되는 말을 해서 그 사람 마음이 다치진 않을까 걱정한다. 사랑하는 사람이 생기면 뭐든 다 해주고 싶을 정도로 관대해진다.

스스로에겐 따뜻하지도 관대하지도 못했다. 스스로를 썩은 열매를 맺은 나무로 대했다. 사과나무에 한 줄이 썩었다며 수많은 걱정으로 시간을 보냈다.

이 책에서는 걱정이 위험한 일을 줄이는 것이 아니라 오히려 위험한 일이 닥치면 긴장하고 약해져서 대처할 힘이 없어지는 것이라고 했다.

그동안 수없이 많은 불확실한 상황에서 불안을 키워왔고, 그것 말고는 빠져나갈 도리가 없다고 여겼다. 생각해보면 불안함을 가지면 오히려 편할 때가 있었다. 그걸 확인하지 않으면 더 안절부절못할 것 같았다. 무조건 없애는 게 먼저가 아니었다. 지금 이대로의 모습도 충분히 괜찮다고 여기는 게 먼저였다.

내 상황에서 어느 정도의 불안을 가진 게 당연한 거였다. 마땅히 느껴야 할 상황에서 적당한 감정을 충분히 느끼는 건 잘못이 아니었다. 그동안 내게 '그래, 내가 우울할 만했어. 괜찮

아.'라고 해주지 못했다. 그 마음을 어루만져 준 순간, 큰 위로
가 되었다.

　나는 이 책을 열 번은 더 읽었다. 그러면 사람들이 내용을
거의 다 외우는 줄 안다. 전혀 아니다. 굵직한 내용은 알더라
도 다시 보면 또 처음 보는 내용이 쏟아진다. 많이 읽었던 책
이라도 내 것으로 받아들이기엔 엄청난 노력이 들어가는 것이
다. 독서에 훈련이 필요하듯 감정도 그렇다. 그래서 또 읽게
되고 마음을 다독거려 준다.

　"나는 나의 기분을 결정한다. 내가 나의 기분을 좌우하는 것
처럼 다른 사람들도 그들의 기분을 스스로 좌우한다. 아무도
나를 화나게 할 수 없다." ‒ 롤프 메르클레, 도리스 볼프, 『감
정 사용 설명서』

　내가 분노하는 이유는 항상 남에게 있었다. 그 누구도 나를
화나게 할 수 없다니, 이해할 수 없는 부분이었다. 나는 그동
안 정말 속 좁게 살아왔나 보다. 그 누군가가 언제든 나를 화
나게 할 수 있다고 생각하기 때문이다. 스스로 감정을 조절하

⋮

고 결정하는 건 앞으로 많은 연습이 필요할 것 같다.

나는 이 책을 읽고 나서 감추었던 마음을 잘 표현해보고 싶었다. 그동안 잘 느껴지지 않는다고 여겼는데 아니었다. 슬픔, 우울함 같은 걸 나쁘다고 여겨 표현하기 전부터 막았던 것이다. 지금도 드러내기 어려운 감정들이 많지만 있는 그대로 '내가 이렇게 느끼고 있구나.'를 알아채려 한다. 그러면 마음이 고요해진다.

상대의 마음을 궁금해하듯 내 마음에도 귀를 기울여 주려 한다. 그게 어두운 감정일지라도 곧 내가 되는 건 아니기에 더 이상 두렵지 않다.

오늘은 비가 내린다.
그게 나쁜 날씨라고 할 수 없다.
내겐 하늘에서 비가 쏟아지는 게 좋은 날씨다.

⋮

홀로 남겨진다는 것
『가재가 노래하는 곳』

　홀로 남겨진다는 건 어떤 것일까. 자주 하는 고민이다. 나중에 혼자 남겨진다면 사람들의 도움을 최대한 적게 받기 위해 노력하고 있다. 혼자서도 할 수 있는 걸 늘리려 한다. 그게 운동을 열심히 하는 이유이기도 하다.

　지금 내가 아무것도 하지 않으면 나중엔 더 할 수 없을 거란 걸 안다. 오랜 시간 뒤엔 엄마와 가족, 친구들이 하나씩 떠날 것이고 외로움이 점점 깊어질 것이다.

　홀로된다는 걸 상상하면 그리 세세하게 그려지지 않았다.

⋮

책 『가재가 노래하는 곳』을 만나기 전까진 말이다. 친구의 추천으로 영화를 먼저 알게 되었다. 마치 내 이야기가 영화 속 장면처럼 그려졌다. 영화에서 본 것들을 책에서 어떻게 표현했을지 궁금해 바로 책을 사서 읽었다. 영화에서는 자연의 웅장함이 눈앞에 펼쳐졌고, 글에서는 섬세한 감성 표현이 내 마음을 울렸다.

 책의 배경은 습지였다. 습지를 떠올리면 좀 어둡고 음침한 분위기라 생각했는데 햇빛이 반짝이고 하늘빛 물이 있는 아름다운 곳이었다. 그곳에 여자 주인공 카야가 살았다.

 그녀는 열 살에 혼자가 되었다. 아버지의 폭력으로 어머니가 집을 떠났고, 언니들과 오빠가 차례로 떠났다. 그리고 아버지도 어디론가 사라졌다. 그녀는 외딴곳에 홀로 남겨졌다. 그 마을 사람들은 카야가 전염병이라도 옮기는 듯 다들 피했다. 그녀를 챙겨주는 흑인 부부만 있을 뿐이었다.

 카야는 한동안 집을 떠난 엄마를 기다렸다. 길 끝을 바라보면서 울지 않으려고 애썼다. 눈으로는 엄마를 계속 찾으며 얼굴은 무표정이라는 문장에서 카야는 아마 엄마가 돌아오지 않

⋮

을 거란 걸 이미 알고 있었던 것 같았다. 마치 어린 소녀가 눈앞에 있는 것 같아 안아주고 싶었다.

카야가 좋아하는 건 습지에 사는 생물들을 관찰하고 그림 그리는 것이었다. 힘들 땐 보트를 타고 습지로 가 위로를 받았다. 드넓은 습지와 자연이 그녀를 감싸 안은 것 같았다.

"카야가 비틀거리면 언제나 습지의 땅이 붙잡아주었다. 콕 집어 말할 수는 없는 때가 오자 심장의 아픔이 모래에 스며드는 바닷물처럼 스르르 스며들었다." - 델리아 오언스, 『가재가 노래하는 곳』

카야가 어린 시절 홀로 남았을 땐 다른 사람들이 먼저 다가와주길 바랐을 것이다. 성인이 되어서는 두 가지 마음이지 않았을까. 누군가를 만나고 싶기도 했고 아니기도 했을 것이다.

그녀에게 사랑하는 사람이 생기지만 자신이 좋아하는 늪을 이해하지 못할까 봐 두려워 보였다. 시간이 지나 사랑하던 사람이 도시에 대학을 가며 헤어지게 되었다. 카야는 큰 상처를 받았다.

⋮

카야의 마음이 나와 닿아 있었다. 누군가가 내 장애와 외로움을 이해해주고 챙겨줬으면 좋겠다는 마음이 들다가도 막상 다가오면 피하고 싶었다. 그 사람이 싫어서가 아니라 나와 친밀한 관계를 맺다가 나에 대해 이해하지 못하는 부분이 있어 떠날까 봐 움츠러드는 거였다.

"외로움을 아는 이가 있다면 달뿐이었다. 예측 가능한 올챙이들의 순환고리와 반딧불이의 춤 속으로 돌아온 카야는 언어가 없는 야생의 세계로 더 깊이 파고 들었다." – 델리아 오언스, 『가재가 노래하는 곳』

홀로 외롭고 힘든 나날을 견뎌갈 때 날씨와 계절, 자연은 카야에게 위로를 준다. 카야는 아무도 믿지 못했지만 자기 곁에 머물러 있던 자연은 믿었다.

내게도 마찬가지다. 세상은 내게 언제나 따스함을 주고 신뢰를 준다. 힘든 나날 속 봄날의 따스한 햇살은 덤으로 주어진 것이며 여기저기 반짝이는 꽃들은 세상을 환하게 만들어 준다. 그렇게 자연은 언제나 한결같다.

밤엔 반짝이는 별들이, 낮엔 흔들리는 나뭇잎이

내게 말을 걸어오면

너는 가장 아름다운 곳에서 빛나고 있다고 화답한다.

노년에 홀로 남는다고 서글픈 것만은 아니다. 이 책의 작가, 델리아 오언스는 일흔이 가까운 나이에 첫 소설을 썼고 베스트셀러가 되었다. 어쩌면 책에서 홀로 남겨져 살아남는 아이가 작가의 이야기일 거란 생각이 들었다. 나이가 들어서 뭔가를 하지 못할 거란 생각을 깨고 글을 쓴 건 아닐까.

앞으로 올 미래에 대해 고민할 수 있지만 너무 슬픔에 잠길 필요 없다. 누구나 언젠가는 홀로 남겨진다. 지금 이렇게 책을 마음에 담고 글을 쓰는 게 홀로 남겨진다는 공허함을 줄어들게 만든다.

다르게 생각하면 혼자가 되는 외로움은 그리 좋지 않지만, 온전히 내게 집중할 수 있는 고독은 낭만적이다.

⋮

인생이 나에게 기대하는 것
『죽음의 수용소에서』

'나는 왜 살아야 하는 거지?'

삶이 내게 준 것이 무엇인지 자주 물었다. 그리고 '삶은 왜 이렇게 힘든 거지? 내가 뭘 그렇게 잘못 살았는데?' 하며 삶을 원망했다. 스스로 아무것도 하지 않으며 답을 얻기만을 바랐다.

반대로 인생이 내게 기대하는 것을 생각해보지 않았다. 인생이 '너는 내게 뭘 해줄 수 있어?'라고 묻는다면 말문이 막힌다.

"정말 중요한 것은 우리가 삶으로부터 무엇을 기대하는가가 아니라 삶이 우리로부터 무엇을 기대하는가 하는 것이라는 사실." - 빅터 플랭크, 『죽음의 수용소에서』

죽을 수도 있는 상황에서 삶이 내게 기대하는 걸 찾을 수 있을까. 할 수 없다고 생각했다. 나는 죽음 앞에서 어떤 것도 할 수 없는 나약한 사람이었다.

자신이 언제 죽을지 모르는 순간에도 삶의 의미를 찾은 사람이 있다. 강제수용소에 갇혀 살아남아 책『죽음의 수용소에서』를 쓴 빅터 플랭크다. 그는 수용소에서 삶의 의미를 발견해 책으로 남겼다. 그는 구타, 배고픔, 추위, 그리고 주위 사람들의 죽음을 눈으로 보면서도 희망을 잃지 않았다.

빅터 플랭크가 강제수용소에서 어떤 사람이 남은 빵을 다른 사람에게 나눠주는 걸 보았다. 배고픔과 씨름하는 상황에서 누군가는 자신의 소중한 것을 나누는 걸 보고 충격 받았다. 그걸 보고 자신의 모든 것을 가져가더라도 '자기 자신의 길을 선택할 수 있는 자유'는 그 누구도 가져갈 수 없다고 여겼다.

모든 것을 잃었지만 자유 의지만 남은 삶. 그게 나였다. 스스로 생각하고 판단할 수 있는 건 축복이었지만, 오히려 과한 고통이 되기도 했다. 생각의 늪에 빠져 현실을 보며 낙심한 것이다. 그는 잔혹한 수용소에서 마음을 빼앗기지 않아 다행이라 여겼지만, 나는 그 마음마저 빼앗겨 살아왔다.

몸이나 마음이 아프면 그게 언제 끝날지 모르는 불안감에 휩싸인다. 마치 내 삶의 전부인 것처럼 생각하게 된다. 일주일이면 일주일, 한 달이면 한 달. 고통의 유효기간이 없으니 희망마저 생기지 않는다.

그는 달랐다. 주어진 환경이 어떻든 누구도 가져갈 수 없는 자유 의지를 통해 삶에 대한 의미를 되새겼다.

나의 마음과 수용소 사람들의 감정과 이어지는 부분이 있었다. 그들은 어떤 결정을 내리는 걸 두려워했다. 그 결정과 다르게 운명이 삶을 움직인다고 여겼기 때문이다. 자기들이 뭘 해도 상황이 나아지지 않을 거란 생각이 들어 아무것도 하지 않고 운명에 맡긴 것이다.

내가 옳은 일을 하면 지금보다는 나은 상황이 생길 거란 기대가 있었다. 수용소 사람들은 운명이 스스로를 지배를 한다고 여겼지만, 나는 하나님이 나를 어딘가로 데려다줄 거라 믿

:

었다.

내가 미리 길을 만들어 하나님의 선택이라 끼워 맞췄다. 하나님을 위한 일이니 그곳으로 인도해 달라 기도했다. 아무 일도 일어나지 않았다. 스스로를 더 절망 속으로 안내했다. 하나님은 하나의 핑계였다. 내 상황이 나아지지 않는 걸 하나님 책임으로 돌릴 수 있었기 때문이다. 스스로의 삶을 만들지 않고 방관자처럼 있었던 것이다.

나의 선행이나 기도가 환경을 변하게 하는 게 아니라
그 상황을 바라보고 받아들이는 마음이
저절로 그 환경과 멀어지게 만든다.

내가 뭔가를 하고 스스로 책임졌다면 아마 삶의 가치를 빨리 깨달았을지 모른다. 그러나 훌륭한 생각만 좋은 결과를 남기는 건 아니었다. 아무것도 하지 않고 흘려보낸 시간이 내게, 지금 하루를 살더라도 의미 있게 보내라 했다.

"우리가 그동안 했던 모든 일, 우리가 했을지도 모르는 훌륭

:

한 생각들, 그리고 우리가 겪었던 고통, 이 모든 것들은 비록 과거로 흘러갔지만 결코 잃어버린 것이 아니다." – 빅터 플랭크, 『죽음의 수용소에서』

수용소 사람들은 자신이 언제 죽을지 모른다는 생각에 뭘 해도 의미가 없다고 여겼다. 나도 우울할 때 내가 했던 말과 행동, 생각들이 다 쓸데없다고 여겼다. 그동안 많은 시간을 허비했다.

내게 흘러갔던 모든 것은 결코 잃어버린 게 아니었다. 죽음 바로 앞에 가보았기에 삶이 얼마나 대단한지 더 알게 되었고, 감정의 밑바닥을 기어보았기에 다양한 감정을 이해하게 되었다. 그 시간이 아니었으면 다른 사람의 우울함을 이해할 수 있었을까. 공감했을지는 몰라도 제대로 이해하지 못했을 것이다.

이젠 스스로의 인생에 대한 책임을 지려 한다. 내가 바라는 것, 행동과 생각을 삶으로 펼쳐낼 것이다. 인생이 내게 기대하는 것이 그게 아닐까.

⋮

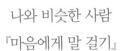

나와 비슷한 사람
『마음에게 말 걸기』

책에서 나와 비슷한 경험을 한 사람을 찾고 싶었다. 그러다 우연히 발견한 책이 대니얼 고틀립의 『마음에게 말 걸기』다.

그는 서른세 살에 교통사고로 목 신경을 다쳐 전신 마비가 되었다. 몸 상태는 나와 비슷했지만 크게 다른 점이 그는 정신과 의사라는 거였다.

책을 펼치면서 기대감과 함께 두려웠다. 그동안 장애를 가진 사람들의 글을 접할 때마다 나와는 너무 달랐다. 고통스러운 과정 없이 순탄하게 지낸 것처럼 보여 내가 못난 사람처럼 느껴

⋮

졌다. 어떤 이는 '과거로 돌아가도 장애를 가진 지금의 삶을 선택하겠다.'라고 하는데 도무지 공감가지 않았다. 그런 이야기를 접하면 힘이 솟는 게 아니라 오히려 힘이 빠졌다.

고통 속에서도 아무렇지 않게 잘 살아가고 있는 삶이 아닌, 고통의 과정을 삶 속에 녹아내린 사람을 찾고 싶었다. 내가 글을 쓰는 이유 중 하나가 그런 사람이 되고 싶기 때문이다. 질문에 대한 답을 찾아가는 과정에서 물음표로 남는 것도 있지만 답을 발견할 때도 있었다.

책의 첫 부분부터 내 마음을 울렸다. 그는 사고의 충격으로 슬픔과 분노를 느꼈지만 가장 고통스러웠던 건 '세상과 사람들과의 괴리감'이라 했다. 내 감정들과 너무나 비슷했다. 나도 사고 후 다른 세상에 홀로 떨어진 것 같은 외로움이 가장 힘들었다. 그와 내가 다른 점은 나는 고통 속에서 스스로를 놓아버렸고, 그는 극도의 불안함 속에서도 스스로를 보려고 노력했다.

그는 자신의 상태가 어떻든 잘 살아갈 수 있다는 걸 증명하고 싶었다고 한다. 그러면서 사람들 가운데에서 분명 다른 존

⋮

재가 될 수밖에 없다는 걸 알고 있었다.

　사람들과 살아가면서 그들과 다른 존재로 느끼는 건 겪어보지 않고 나올 수 없는 고백이었다. 참 희한했다. 그동안 나와 비슷한 경험과 감정을 가진 이야기를 접하고 싶었지만 막상 마주하니 무서웠다. 내가 아직 모르는 많은 장애물을 그가 어떻게 견뎌왔을지 상상하니 책장을 넘기기 두려웠다.

　"정체성 찾기란 어쩌면 나에게서 도망쳤다가 다시 나에게로 돌아오는 과정, 그리고 또다시 나로부터 도망가는 과정인지도 모른다." – 대니얼 고틀립, 『마음에게 말 걸기』

　나는 내게서 도망치려고만 했다. 스스로가 부끄러운 존재라여겼다. 그리고 억지로 정체성을 찾으려 했다. 장애를 가졌고 마음이 아픈 사람이라며 스스로를 낯선 사람들에게 꾸역꾸역 인식시켰다.

　정체성은 '변하지 않는 존재의 본질을 깨닫는 성질'이라 한다. 그렇지만 그는 정체성 없이도 살아갈 수 있다고 했다. 내가 그동안 읽은 책에선 정체성을 찾아야 하고 스스로를 알아

$\vdots$

야 한다는 내용이었다. 아마 정체성이 있어야 진정한 나를 찾을 수 있고 뭘 할지 알 수 있다는 의미였을 것이다.

그는 장애를 가지고 보니 정체성이 그리 중요하지 않다는 걸 알게 되었다. 스스로는 계속 변하고 성장해갈 수 있으니 굳이 일부러 찾으려 하지 않아도 삶을 만들 수 있다는 거였다. 더 이상 내 정체성에 대해 고민하지 않아도 된다는 생각에 마음이 놓였다.

정체성이 반드시 있어야 한다는 건 정답이 아니었다.

내가 그 무엇이 되지 않아도 괜찮고,

그 무엇이 되더라도 내가 아닐 수 있다.

"지금 이대로의 모습으로도 우리는 충분히 사랑스럽다. 이것을 받아들이는 순간 우리를 괴롭혀온 그 오랜 불안감 열등감도 서서히 자취를 감출 것이다." – 대니얼 고틀립, 『마음에게 말 걸기』

정말 많이 울었던 대목이다. 사실 위로보다 마음이 아파서

⋮

눈물이 났다.

스스로가 기대하는 모습이 있었다. 시간이 지나면 자연스레 장애를 받아들이게 될 줄 알았고, 불안이 잠재워질 줄 알았다. 시간이 문제를 해결해주진 않았다. 내 모습 그대로를 받아들이지 못해 방황했던 날들이 생각나서 애처로웠다.

그와 나는 몸 상태가 비슷하지만 마인드가 완전히 달랐다. 정말 대단했다. 그러나 그도 연약할 때가 있는 사람이었다.

고틀립은 전신 마비가 된 지 3개월 된 청년에게 어떻게 생활해야 하는지 상담해줬다. 청년이 미소를 지으며 돌아갔지만 그는 곧 눈물을 흘렸다고 한다. 청년이 느끼게 될 절망, 충족되지 않는 욕망이 떠올라서였다. 그건 비슷한 경험을 해본 자만이 아는 감정이었다.

책 마지막 부분엔 '그렇지만 역시 나는 많이 아프다.'는 글을 남겼다. 그의 아픔과 진솔함이 그대로 전해졌다. 그 대목에서 눈을 뗄 수가 없었다. 그걸 글로 표현하기까지 얼마나 고민하고 아팠을지 느껴졌다.

자신의 성공담이나 행복함을 이야기하는 건 그리 어려운 일이 아니라 생각한다. 물론 쉽지 않지만 스스로의 아픔을 이야

⋮

기하는 게 더 큰 용기가 필요하다. 그건 내 약함을 보인다는 의미가 아니라, 내 고통이 다른 사람의 마음에 물들 거라 생각하면 책임감이 더 커지기 때문이다.

  다른 사람의 감정에 침범할 책임을 가지고 글을 쓰지만 나도 여전히 아픈 사람이다.

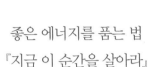

좋은 에너지를 품는 법
『지금 이 순간을 살아라』

　내가 좋은 에너지를 품는 사람이 되고, 주위에 좋은 사람을 두는 건 너무 좋은 일이다. 우울한 마음을 오랫동안 가졌을 때 점점 기운을 잃었지만 소중한 에너지가 새어나가는지 모르고 살았다. 그걸 다른 사람에게도 전염시키는지도 모르고 누군가를 미워했고 스스로에게 분노를 쏟아내기도 했다. 참 희한하게도 화나는 일은 꼬리를 물고 일어났다.

　한동안 무기력하고 우울한 내가 진짜 나인 줄 알았다. 그 감정에 휘감겨 헤어 나오지 못했다. 한 친구가 내게 상담을 받아보라 권유했다. 그땐 상담 공부를 하기 전이었는데 상담까진 필요 없다며 흥분했다. 내겐 문제가 없고 다른 사람이나 외부에 항상 문제가 있다고 생각했다. 내게 남아 있던 작은 에너지마저 누군가를 비난하는 데에 사용했다.

"마음은 도구이며 연장입니다. 마음이란 특별한 과업에 사용되기 위해 거기 존재하는 것입니다. 일이 끝나면 내려놓아도 됩니다." - 에크하르크 톨레, 『지금 이 순간을 살아라』

마음은 스스로를 움직이는 도구가 되는데 나는 얼마나 해로운 곳에 사용했는지 모른다. 미리 걱정한다고 실제로 일어나는 일은 거의 없었다. 얼마나 쓸데없는 고민을 많이 했는지 모른다.

예전엔 내 고통을 덜기 위해 주위 사람에게 의지하려 했다. 주위 사람이 내게 줄 수 있는 에너지는 아주 작았다. 그들 나름대로의 고통으로 나눠줄 여유가 없던 적이 많았다. 나는 그렇게 남에게 에너지를 받는 게 고마운 일인지도 모르고 구걸하기만 했다.

⋮

책 『지금 이 순간을 살아라』는 그런 나를 보게 해줬고, 그동안 무거웠던 마음의 짐을 나눠준 주위 사람들에 대한 고마움을 일깨워줬다.

오지 않은 미래를 막연히 걱정하는 마음,
지나온 과거를 후회하는 마음에 고통은 머물러 있다.

태어난 날은 정해지지만 그 끝이 언제일지 아무도 알 수 없다. 그 시간의 연장선에 지금 살아가고 있다.

나는 지나온 시간을 자주 돌려보았다. 좋은 기억이 아닌 후회의 순간들을 되살렸다. 부풀려진 과거와 미래를 자꾸 불러오니 현재가 느껴지지 않았다. 그리고 남들과 비교하면 항상 주눅 들었다. 한참이나 뒤처져서 힘이 빠졌다. 내가 과거보다 얼마나 달라졌는지 비교하며 지나온 시간에 매달렸다. 내 짐의 무게는 갈수록 무거워졌다.

스스로의 생각과 감정을 지켜보는 것이 지금을 살아가는 비법이지만 너무 어려운 일이었다. 내가 느끼는 걸 인식하기 전에 지나가거나 뭔지를 몰라서였다. 그 순간을 집중했더라면

:

나쁜 과거로 괴로워하지 않게, 미래를 걱정하지 않게 되었을 것이다.

　"마음은 무의식적으로 문제를 만들기를 좋아합니다. 그래야 자신이 뭔가가 된 듯한 느낌을 가질 수 있기 때문입니다. 이것은 정상적이지만, 동시에 미친 짓이기도 합니다." − 에크하르트 톨레, 『지금 이 순간을 살아라』

　좋은 에너지를 가지는 게 중요하지만 나쁜 에너지를 받아들이지 않는 게 더 중요하다고 여겨진다. 내 문제를 만드는 건 나 자신이었다. 스스로에게 '역시 나는 되는 게 없어.'라는 생각을 자주 했다. 내 마음 깊숙이 자리 잡고 있어 어떤 일을 시작하기 전부터 안 된다는 생각부터 떠올랐다. 거기에 짓눌려 다른 생각들이 떠오르지 않게 되었다. 내가 불러온 불행을 아는 게 중요했다.
　의식적으로 생각을 바꿔보았다. '되는 게 없는 날이 있으면 그다음엔 되는 게 많아질 거야.' 처음엔 어색했지만 점점 익숙해졌다. 그러니 어떤 일을 하기 전에 점점 자신감이 생겼다.

⋮

좋은 에너지는 고통과 시련 속에 버틸 힘을 만들어 준다. 나의 힘이 커지면 남에게 줄 수 있는 힘도 생긴다. 내가 힘들 때 자신의 에너지를 나눠준 가족과 주위 사람들에게 이젠 돌려줄 때가 왔다.

이제 내 마음을 과거나 미래에 빼앗기지 않을 것이다. 나는 여기 존재하며 이렇게 글을 쓰고 있다.

⋮

4장

누구나 다를 뿐
아무도 틀리지 않았다

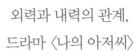

외력과 내력의 관계,
드라마 〈나의 아저씨〉

　2018년에 방영했던 드라마 〈나의 아저씨〉가 있다. 할머니
와 단칸방에서 빚을 갚아가며 어렵게 살고 있는 여자 주인공
지안과 대기업에 다니지만 삶이 행복하지 않은 남자 주인공
동훈의 이야기다.

　지안의 사정을 이미 알고 있던 동훈은 직장 동료들 사이에
서 미움받는 지안을 감싸 준다. 건축 구조 기술사인 동훈이 지
안에게 하는 말이 마음에 와닿았다.

　"모든 건물은 외력과 내력의 싸움이야. 바람, 하중, 진동. 있

⋮

을 수 있는 모든 외력을 따져서 그거보다 세게 내력을 설계하는 거야."

건물을 지을 때 사람의 하중보다 몇십 배는 크게 내력을 설계해야 한다는 거였다. 그래야 건물이 버티는 것이다. 인생도 외력과 내력의 싸움이란 말을 하면서 동훈은 자신의 내력을 알지 못한다고 했다. 아마 믿었던 아내에게 배신당하고 상처받아서였을 것이다. 스스로를 안전하게 만든 내력에 금이 가면 못 견디고 무너질 수밖에 없다고 했다.

내력이 강하다고 모든 걸 잘 버티는 건 아니다. 죽을 가능성이 있는 아픔 앞에서는 쉽게 무너질 수 있다.

"중환자실로 가셔야 합니다. 가족과 환자는 마음의 준비를 하셔요."

10년 전, 엉덩이에 생긴 염증이 뼈까지 전이된 것 같다며 의사에게 들은 말이었다. 가까운 미래에 죽음을 다시 떠올리게 될 줄 몰랐다. 내 삶에 지옥문이 다시 열리는 느낌이었다. 다행히 중환자실로 가기 직전 염증 수치가 정상으로 돌아와 일반 병실에 머무를 수 있었다. 고비를 잘 넘겼지만 1년이 넘는

:

회복 기간을 거쳐야 했다.

언제 죽어도 상관없다는 천국에 대한 믿음은 현재의 고통만큼 간절해지지 않았다. 그 순간 마음을 둘러싸고 있던 믿음의 성이 무너지는 느낌이었다.

어쩌면 우린 항상 내력을 강하게 만들려고 노력하지만 때로는 한 번에 무너질 수도 있는 연약한 사람이 아닐까. 그걸 두려워하더라도 약한 게 아니었다. 쌓고 무너지고, 다시 쌓고 무너지기를 반복하는 것이 인생이다.

세상엔 좋아 보이는 게 너무 많다. 원하는 걸 가지면 행복해질 만한 것들이 너무 많다. 하지만 좋은 걸 가지는 것이 내력을 강하게 만들지는 않는다. 당장의 만족감은 채워지지만 점점 더 큰 것을 원하게 되어 힘들 것이다.

"네가 대수롭지 않게 받아들이면 남들도 대수롭지 않게 생각해. 네가 심각하게 받아들이면 남들도 심각하게 생각하고, 모든 일이 그래. 항상 네가 먼저야."

지안이 과거에 저지른 범죄를 주위 사람들이 알게 될까 봐 두려워하자 동훈이 한 말이다. 지안은 자신이 살기 위해 정당

⋮

123

방위를 한 거였다. 도저히 씻기지 않을 것 같은 과거도 자신을 먼저 생각하면 지나간 과거에 불과하다니, 위로가 되었다.

　모든 일이 아무것도 아닌 게 아니다. 남에게 부도덕한 일을 했거나 피해를 주는 건 엄청난 일이다. 잘못한 일은 그에 대한 대가를 치러야 한다고 생각한다.

　나는 참 겁이 많은 사람이다. 지금도 고통을 피할 수 있으면 피하고 싶고, 낯선 곳에 되도록이면 가고 싶지 않다. 하기 싫은 것을 피하다 보면 자꾸 외부의 세계와 충돌하게 된다. 세상은 상처로 가득한데 다 피하면서 살 수가 없다. 사람들의 말이나 행동에 민감하게 반응하지 않고 가볍게 넘기는 연습이 내겐 필요하다.

상처의 반대말은 치유가 아니었다.
단지 가볍게 받아들이는 연습이 필요할 뿐이었다.

　지안은 오로지 빌린 사채를 갚기 위해 일했다. 낮엔 회사에서 밤엔 알바도 하며 달리듯 살아갔다. 큰 짐을 진 지안에게 동훈이 착하다며 위로한다. 동훈이 지안의 편에 서서 했던 위로

⋮

가 어쩌면 스스로에게도 해주고 싶은 말이지 않았을까. 동훈은 자신의 상처를 지안에게 따뜻함으로 나눠주며 잊고 있었다.

많이 아파본 경험이 있으면 누군가의 아픔을 더 잘 느낄 수 있다. 스스로에게 어떤 위로가 필요했는지 알기에 어떻게 마음을 나누는지 안다. 그 사람의 삶에 스며들 듯이 함께하는 사람이 되어주는 것이다.

진정한 내력을 키우는 건 상처를 드러내고 세상의 모든 것과 싸우는 게 아닐까. 그리고 나와 비슷한 아픔을 가진 사람의 편에 서는 것이다.

내게 내력은 무엇일까. 흔들리지 않게 나를 안전하게 만들어주는 내력, 그건 스스로를 믿는 마음이다. 누가 뭐라 하든 스스로 괜찮은 사람이라고 믿는 것이다. 내가 내력을 키운다면 상처를 가진 누군가가 보일 것이고, 어느 순간 그 사람 곁에 서 있게 될 것이다.

:

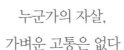

누군가의 자살,
가벼운 고통은 없다

이 글을 다루기 전 무거운 이야기를 꺼내야 한다는 걸 밝힌다. 대부분 사람들이 살고 싶지 않은 마음을 꽁꽁 숨기려 하는 경향이 있다. 나도 그랬다. 용기 내어 여는 순간, 슬프면서도 후련했다. 이젠 더 이상 나만 아는 비밀 이야기가 아니다.

예전에는 스스로 삶을 마감하는 사람들의 소식을 들었을 때 '죽을 마음으로 더 살지, 앞이 창창한데 왜 그런 선택을 했을까?' 하는 반응부터 나왔다. 곧이어 그 사람 삶을 대신 살아보지 않는 이상 그 고통을 가늠할 수 없다는 마음이 뒤따라왔다. 어

⋮

쩌면 살아가는 고통을 도저히 견딜 수 없었는지도 모른다.

어느 날 산책하던 중, 흐르는 강물을 보았다. 강물이 세차게 흐르는 걸 보는데 나도 모르게 눈물이 났다. 시커먼 물이 출렁거리며 마치 내게 오라고 손짓하는 것 같았다. 순간 내가 강물에 빨려들어 물속으로 가라앉는 모습이 떠올랐다.

그때 '제발 살려달라.'는 내 목소리가 들렸다. 정신이 번쩍 들었다. 아주 순간이었지만 죽고 싶었고, 그리고 살고 싶었다. 고통을 끝내고 싶다는 마음과 견디며 살아야겠다는 생각이 동시에 스쳐 지나갔다.

마음이 병들면 바라보는 세상까지 혼탁해 보인다. 세상이 내게 아무 짓도 하지 않았는데 혼자서 이러면 안 된다고 억울해했다. 언제 어떻게 아픔이 커질지 모르는 삶을 잘 견뎌낼 자신이 없었다. 내가 어떤 생각을 하는지 모른 채로 시간은 수년이 지나버렸다.

내가 충격 받은 누군가의 자살 뉴스가 있다. 23년째 전신 마비인 아들과 그를 돌보던 아버지였다. 2019년도에 20년 넘게 병원에서 치료를 받던 아들과 그의 아버지가 숨진 채 발견된

⋮

127

것이다. 삶을 비관하는 메모를 남겨두고 세상을 떠났다. 기사를 보고 얼마나 울었는지 모른다.

　그 사정이 자세하게 알려진 게 없어서 그저 추측해 볼 수밖에 없었다. 시간이 지나도 몸 상태는 나아지지 않는 아들, 점점 노쇠해져 아들을 돌볼 수 없는 상태가 되어가는 아버지. 얼마나 그들의 고통이 심했을지 생생히 그려졌다.

　그 누구도 그들의 잘못을 말할 수 없다. 그 상황에서 절대적으로 살아야 한다고 이야기할 수도 없을 것이다.

　나와 비슷한 환경이나 상황에 처한 사람을 만나도 전부 이해할 순 없다. 그러나 누워 있는 아들은 아버지에게 얼마나 죄스러웠을 것이며, 그걸 지켜보는 아버지의 상심이 얼마나 컸을지 어느 정도 안다.

　사람의 가치는 스스로 정하는 것이라지만 꼼짝도 할 수 없는 상태가 오면 다르다. 누군가의 도움을 받아야 해 스스로가 작아지기 때문이다. 생각하는 기능이 무사한 것으로 가치를 키울 수도 있지만 그러기엔 고통이 너무 큰 것이다. 그렇다고 그런 상황이 오면 살아가지 않아야 한다는 게 아니다.

　나는 가족과 주위 사람들의 도움으로 살아간다. 말할 수 없

⋮

이 수치스러운 부분이 있고 혼자만 끙끙대고 고민하는 부분도 있다. 그래도 나를 사랑해주는 가족 덕분에 내 고통이 쉼을 얻는다.

자살을 시도했지만 결국 살아 돌아와 안도하는 이야기를 간접적으로 들은 적 있다. 죽고 나서는 이미 모든 걸 되돌릴 수 없다고 했다. 자살 시도를 후회하지만 어느 날 문득 그 순간으로 돌아갈까 봐 두렵다고 했다. 그 시도가 충동적이지 않았을 것이다. 삶을 이어나갈 자신이 없고 수시로 삶과 죽음의 사이를 오가며 힘들었을 것이다. 아마 살아야 할 이유 보다 죽을 수밖에 없었던 이유가 더 강했을 거라 생각한다.

누군가의 자살 소식은 내 마음을 미어지게 만든다. 세상을 떠나려 하는 이유가 사랑하는 가족에게 짐이 된다거나, 매일 스스로를 찌르는 참을 수 없는 고통이라면 아무 말을 할 수 없다.

이 순간에도 절벽에 가까스로 매달린 절박함으로 사는 사람이 있을 것이다. 나도 그럴 때가 있었다. 그때 되뇌었던 말이 있다.

'나는 길을 잃은 어린 아이기도 하고 내 보호자다. 어두움의

⋮

129

끝에서 더 이상 갈 곳이 없어 주저앉은 어린 아이가 나다. 그 아이 손을 잡아 줄 보호자도 나다. 아이가 보호자의 손을 놓치고 다시 끝이 보이지 않는 터널로 들어갈까 봐 두렵다. 그러나 나의 보호자는 아이를 끝까지 놓지 않고 지켜줄 것이다.'

보이지 않는 누군가가 나를 도와주려고 항상 지켜보고 있다고 느낀다면 두려움이 작아질 것 같았다. 그래서 나를 믿고 기다려줄 보호자를 만들었다.

죽지 않고 살아간다면 분명 살아서 할 수 있는 것들을 느끼게 될 것이다. 살아야 하는 이유가 단 하나라도 생긴다면 현재의 고통을 잠재울 수도 있을 것이다.

만약 당신에게 이 이야기가 공감된다면 아무도 모르게 아픔과 싸우고 있지 말고 주위에 말하길 바란다. 누구는 잘해서 아니면 누구는 잘못해서 일어나는 생각이 아니다. 당신은 아주 많이 아픈 거라 힘든 것이다.

가벼운 고통은 없다.
거슬러 올라가면 견디기 힘든 일에서 시작되었을 것이다.

:

자유를 꿈꾸다,
영화 〈알라딘〉

　책을 통해 다양한 세상을 간접적으로 접했지만 그건 직접
눈으로 보는 것과는 다른 느낌이었다.
　처음 해외여행을 간 곳은 사이판이었다. 다치고 나서 가족
과 갔다. 분명 TV로 보았고 어느 정도의 풍경일지 마음에 그
리고 갔지만 직접 눈으로 마주한 세상은 훨씬 아름다웠다. 눈
을 뗄 수 없을 정도로 영롱한 물빛의 바다는 마치 보석처럼 빛
나 보였다. 그 웅장함이 대단했다.
　직접 눈으로 담을 수 있는 세상이 있는가 하면, 가지 못하는

⋮

아쉬움을 대신 충족시켜주는 게 영화다. 내가 갈 수 없는 상상의 세상을 만나게 해준다. 그게 영화의 매력이다.

어린 시절 영화 〈알라딘〉을 보며 가장 부러웠던 건 소원을 들어주는 램프의 지니가 아니었다. 하늘을 자유자재로 다니는 마법의 양탄자였다. 어디든 갈 수 있는 '자유'를 얻는 거였다.

영화 〈알라딘〉에서 지니의 소원도 자유였다. 바로 인간이 되는 것이었다. 갑갑했던 램프에서 탈출해 자유로운 인간이 되고 싶었던 거였다. 나중엔 지니가 알라딘의 도움으로 소원을 이루게 된다. 지니는 무엇보다 자기 삶의 가치를 남이 아닌 자기가 정할 수 있다는 데에서 행복해 보였다.

자스민 공주는 외면과 내면 모두 아름답다. 술탄을 다스리던 아버지가 나이가 많아지자 후계자로 삼기 위해 공주에게 남편을 맞아들이라 한다.

"다른 나라 왕자가 저처럼 우리 백성을 돌보겠어요? 제가 할 수 있어요."

공주 스스로가 나라를 보살필 수 있다고 자신감을 표현하지만 아버지는 못마땅해한다.

⋮

알라딘은 돈과 명예보다는 자스민에게 반해 왕자가 되려 한다. 지니에게 소원을 빌어 왕자가 된 모습으로 공주에게 다가가지만 아무것도 없었던 자신의 과거가 떠올라 자꾸 움츠러든다.

"겉은 왕자처럼 보이도록 만들었지만, 속은 하나도 바꾸지 않았어. 알리 왕자가 널 문 앞까지 데리고 왔지만 문을 열어야 하는 건 알라딘이어야 해."

지니의 말대로 겉으로 보이는 모습은 쉽게 바꿀 수가 있다. 그러나 내면을 바꾸는 건 정말 어려운 일이다. 겉이 왕자라도 내면이 초라하면 그건 진짜 왕자가 아니었다. 알라딘은 과거 초라했던 자신의 모습에 그대로 머물러 있었던 것이다.

내 상황이 알라딘과 비슷했다. 건강했을 땐 예쁘고 날씬하다는 말을 자주 들었다. 그런 내가 전신 마비가 되고 오랜 시간 동안 예전 모습이 나라고 착각하며 살았다. 대부분 사람들이 나를 여전히 아름답게 볼 거라 여겼다. 그건 자존감이 높은 것과 다른 거였다.

겉모습이 달라졌지만 마음이 과거에 붙잡혀 있어 앞으로 나아가지 못했다. 현실과 마음이 따로 노니 정작 현실의 문을 뛰

⋮

쳐나오지 못하고 그 앞만 서성거렸다. 진짜 나를 받아들여도 초라한 사람이 되는 게 아니라는 걸 몰랐다.

중요한 것은 보이지 않는 곳에도 있다. 나는 다시 걸어야 삶이 달라질 거라 믿었다. 원하는 걸 가져야만 지금의 내 삶이 바뀔 것 같았다.

건강을 잃고 모든 걸 다 잃은 것 같았다. 아무것도 할 수 없는 무기력함에 빠졌고 시간을 낭비했다고 여겼지만 아니었다. 건강, 돈과 권력. 마치 그게 세상의 전부 같았다. 살아가는 데 좋은 환경이 되겠지만 행복이 보장되는 건 아니었다.

깊은 어두움에서 내가 원하는 게 뭔지 알게 되었다. 누구보다 간절히 살고 싶은 것, 의미 있게 사는 것이었다.

그토록 두려웠던 현실의 문을 열고 나오니 생각보다 무섭지 않았다. 바라는 게 더 많아질 줄 알았지만 오히려 만족하게 되었다.

삶에 변화를 가져오는 건 무언가를 가졌을 때.
그리고 잃었을 때다.

⋮

134

어린 시절엔 '아, 마법의 양탄자를 타고 싶다.' 했고 지금도 다르지 않다. 양탄자를 타고 원하는 대로 어디든 가고 싶다.

사고 후 몇 년 뒤, 고향 친구들 대여섯 명과 여행을 간 적이 있다. 이동하고, 음식을 먹는 것, 신변 처리와 자는 것까지 신경 쓸 게 한두 개가 아니어서 걱정되었고 실현될 일이 아니라 여겼다. 친구들은 개의치 않고 나를 데리고 여행 갔고 한마음으로 배려해 줬다.

가족이 아닌, 친구들과 2박 3일 동안의 여행에서 내 장애가 잊혔다. 계단이 몇 개 있거나 휠체어가 가기 불편한 길도 친구들이 힘을 합해 나를 번쩍 들어 옮겼다. 그 순간 마법의 양탄자를 탄 듯 내 몸이 공중으로 붕 떴다. 마치 꿈을 이룬 것처럼 기분 좋았다.

그 여행은 집이 가장 편하고 익숙했던 내게 세상으로 나갈 수 있는 용기를 줬다. 이 세상에 혼자라고 생각했을 때, 친구들이 내게 먼저 손 내밀어 줬다. 꿈과 용기는 아름다운 추억을 살 수 있게 만들어 줬다.

그렇게 하고 싶은 걸 계획대로 실현할 수 있는가 하면, 할 수 없는 걸 대신 해주는 상상의 나라인 영화가 있다. 실행될 수 없

⋮

는 계획이거나 꿈일지라도 더 많은 세상을 보고 싶은 마음이
있다면 그 무언가가 나를 그곳으로 데려다줄 거라 믿는다.

인내하고 또 인내하는 사람,
김종민

내가 좋아하는 연예인은 김종민이다. 처음부터 관심이 있진 않았고 몇 년 전부터 그의 근성에 끌리게 되었다.

16년간 한 프로그램을 한다는 건 정말 어려운 일이다. 같은 환경에서 자신과 맞지 않는 사람과 견뎌 나가야 하고, 하기 싫은 일을 하기도 하고, 시청자들의 질타까지 감내해야 한다.

김종민은 〈1박2일〉 시즌 1부터 함께해 왔다. 군대에서 다시 복귀하며 큰 부담을 느꼈다고 한다. 그 당시 시청자들이 김종민에게 웃기지 않는다며 하차하라는 말을 했다.

"저는 절대로 스스로 그만두지 않습니다. 빚을 졌기 때문에 갚기 위해서. 그 빚은 기대하셨는데 실망을 드렸다는 것입니다."

김종민은 시청자들에게 진 빚을 갚기 위해 절대 스스로 그만두지 않겠다고 한 것이다. 그 말에 대한 보답을 지금까지 하고 있다.

그가 20년 넘게 방송 일을 하면서 별 탈 없이 지낼 수 있었던 이유가 바로 겸손함이었다는 생각이 절로 들었다.

22년 12월, 〈1박 2일〉 시즌 4에 새로운 멤버가 들어왔다. 김종민이 그에게 '항상 겸손해야 해. 네가 생각한 게 다 옳다고 생각하지 마.'라고 조언했다. 평소 겸손에 대해 얼마나 생각하는지 알 수 있는 말이었다.

나는 예전에 '이건 맞고 이건 틀리다.'라는 시선으로 세상을 바라보았다. 사람에게 엄격한 잣대로 선을 그었다. 다른 사람의 생각도 맞고 내 생각도 맞다는 걸 나중에서야 알고 후회했다. 책을 읽으며 생각이 변화되기 시작했고, 김종민을 보며 배웠다. 나와는 다른 눈으로 세상을 바라보는 모습에 '아, 이렇게도 생각할 수 있구나.' 하게 되었다.

⠿

〈1박 2일〉 시즌 1에서 김종민과 함께했던 나PD와의 대화가 유튜브에 올라왔다. 나PD가 김종민과 시시콜콜 나눈 대화를 유튜브에 올린 것이다. 나PD는 시즌 1을 끝내며 그 방송국을 떠났고, 김종민만 남았던 상황을 회상했다.

나PD가 그에게 '인생에 진짜 위기였을 때'를 물었다. 그는 군 제대 후 복귀했을 때, 사람들의 하차하라는 말이 힘들었다고 했다. 하지만 그것보다 더 힘들었던 건 사람들의 관심이었다고 한다. 시청자들이 자신의 행동이나 말을 인터넷에 올리며 비난한 것이었다.

그가 힘들었던 일을 털어놓자 나PD가 금방 다시 적응하지 않았냐고 했다. 그러자 예상치도 못한 말을 했다.

"시즌 1 때요? 나는 시즌 1 때 적응을 한 적이 없어요. 그냥 참고 노력한 거예요."

곧이어 지금의 〈1박 2일〉은 너무 체력적으로 힘들지만 힘닿는 데까지 하겠다며 책임감을 보였다.

자신의 직업을 찾을 때 좋아하면서 잘하는 일을 찾는 게 가장 좋은 거라고 한다. 정말 어려운 일이다. 적성에 맞는 일을 찾아도 즐거움과 연결되지 않을 때가 많기 때문이다. 거기서 누군가에게 미움까지 받는다고 생각해보라. 그곳은 지옥이 되는 것이다.

좋지 않은 상황에서 인내하는 건 큰 용기가 필요하다.
매일매일 맞닥뜨려야 하는 싸움에서
맞설 용기를 쉬지 않고 불어넣어야 한다.

친구가 10년 전쯤 지금의 회사에 들어갔다. 일이 잘 맞는다고 했다. 한 가지 어려운 점이 바로 위에 상사가 있는데 자신을 너무 힘들게 한다고 했다. 왜 그렇게 키가 작고 꾸미지를 않냐며 괜한 트집을 잡으며 무시했다. 업무에 대해서도 팀의 실적이 안 좋으면 친구 탓을 하고 더 괴롭혔다고 한다.

"이직을 해보면 어때?"

내가 걱정되는 마음에 물었다. 친구 실력이라면 이직이 그리 어려운 일이 아니었다. 고민해 본다고 할 줄 알았는데 예상과는 다른 말을 했다.

"어디서든 견디는 사람이 굳은살이 생겨서 강해지더라고."

⋮

몇 년 후, 그 상사가 다른 곳으로 발령났다. 그동안 함께한 동료들이 친구의 인내를 높이 평가했다. 친구는 그런 일을 겪으니 다른 일은 별거 아니게 느껴진다고 했다.

예전엔 원하지 않는 일이나 선택을 최대한 피하고 싶었다. 인생을 편하게 사는 게 최고라 여겼는데, 그러다 보면 원하는 결과를 볼 수 없다는 걸 뒤늦게 깨달았다.

지금 내가 이뤄놓은 건 아무것도 없다. 그래서 요즘은 힘든 일, 하기 싫은 것도 견디며 해보려고 하루에 네다섯 시간씩 글을 쓴다. 그저 쓰면 되는데 더 잘 썼으면 혹은 빨리 결과물이 나왔으면, 하고 조급해진다. 나는 아직 멀었다.

⋮

세상의 시선을 바꾸는,
유튜버 〈위라클〉

유튜브 채널, 〈위라클〉을 운영하는 유튜버 박위는 지금부터
8년 전에 사고로 다쳐 전신 마비 판정을 받았다. 그 후 휠체어
생활을 하게 되었고 손가락도 움직일 수 없는 상태였다고 한
다. 매일 열심히 운동해 지금은 자유자재로 휠체어를 밀 수 있
게까지 되었다. 나와 비슷한 장애를 가져서 관심이 갔다. 자신
의 장애에 한계를 긋지 않고 용감하게 도전하는 걸 보고 힘을
얻었다.

그는 장애를 보는 관점부터 달랐다. 여행에서 경비행기를

⋮

타거나 모래사장에서 수상 휠체어를 타는 것 등을 자신만의 방식으로 즐겼다. 계단을 오르거나 대중교통을 이용하는 어려운 과제조차 즐기는 것처럼 보였다. 자신에게 닥친 것들을 유쾌하게 잘 풀어가는 사람으로 보였다.

유튜브 댓글을 보니 그를 보고 장애인에 대한 시선이 바뀌었다는 내용이 많았다. 그의 노력으로 우리 사회에서 장애인에 관한 인식이 개선되는 걸 실감했다.

한 10년 전, 내가 대중교통을 주로 이용했을 때 사람들의 부정적인 인식에 종종 맞닥뜨렸다. 전동 휠체어를 타고 지하철을 처음 탔던 날 당황했던 기억이 생생하다.

지하철을 타려고 엘리베이터 앞에 서 있다가 문이 열리면 사람들이 우르르 몰려와 나를 앞질러 먼저 탔다. 한 번은 그럴 수 있다고 생각했는데 그다음도, 또 그다음도 그랬다. 엘리베이터 문이 닫히는 그 순간까지 아무것도 할 수 없었다. 내가 타야 한다고 말하지 못한 게 아니었다. 몇몇 사람들이 얼마 남지 않은 공간까지 비집고 들어가 문이 닫히지 않는데도 버티고 있던 어이없는 모습에 말문이 막혀서였다. 정신을 차리고

⋮

함께한 친구의 도움을 받아 겨우 탈 수 있었다.

지하철 안에서 많은 시선이 내게 집중 되었다. 내가 타고 내릴 때까지 뚫어져라 쳐다보는 사람까지 있었다. 친구가 출근길에서는 더 심하다며, 어떤 승객이 휠체어 탄 사람에게 아예 대놓고 '이렇게 복잡한 시간에 다니지 마세요.'라고 말하는 걸 들었다고 한다.

내가 움직이는 게 다른 사람에게 눈치 받는 일이 되는지 한참 생각했다. 사람들과의 사이에 단단한 큰 벽이 있는 듯했다. 상대의 불편한 생각까지 내가 어찌할 수는 없고, 무엇보다 나를 탓하고 싶지 않았다.

그런 일을 겪고 〈위라클〉을 보니 내 이야기처럼 보였다. 그는 대중교통을 이용하며 위험했던 상황을 그대로 보여줬다. 그걸 보며 다치진 않을까 마음이 조마조마했지만 잘 대처해 넘어갔다. 그는 사람들과의 벽을 조금씩 허물고 있었다.

나는 그동안 할 수 없는 것에만 온통 마음을 쏟아왔다. 식당에 경사로 없이 계단만 있거나 지하철역 곳곳에 엘리베이터가 없으면 속상했다. 비 오는 날 우산을 쓰기 힘들고, 바다에 들어갈 수 없는 것도 불편했다. 그 생각을 바꾸지 않고 그저 피

⋮

하면 되는 줄 알았다. 그러니 자연스레 지하철을 안 타게 되고 비 오는 날엔 집에 머물렀다.

그는 내가 하지 못했던 것들을 하나씩 실행하면서 바꾸고 있었다. 그는 어떤 장소를 가든 전혀 다른 관점으로 새롭게 받아들이고 있었다. 휠체어에 앉아 다리가 아플 일이 없고 내리막길을 편히 갈 수 있고 장애인 주차장에 주차할 수 있는 것들을 어떻게 '꿀'이라 말할 수 있을까.

나는 항상 반대의 마음으로 움직였다. 휠체어에 앉아 허리가 아프고 바퀴를 굴리는 건 너무 힘들고 차를 타고 내리기도 너무 어려웠다. 그의 마인드가 존경스러워 한 가지를 따라 해보기로 했다.

바로 운동이었다. 그는 운동을 정말 열심히 하고 있다. 혼자 휠체어를 밀고 12km까지 갔다고 한다.

"살기 위해 운동하는 거예요."

운동을 살기 위해 한다니, 머리가 멍해졌다. 나는 혼자 단 1km도 가본 적이 없었다. 그동안 살기 위해서는 고작 먹고 자는 일밖에 하지 않았다. 운동이라고는 일주일에 한두 번 병원에서 받는 치료가 다였다. 그 정도 게으름뱅이가 작심삼일까지 갈 리

⋮

가 없었다. 놀랍게도 작심삼일이 지금 작심사년이 되어가고 있다. 결심이 희미해질 만하면 그의 영상을 본다.

　지속적으로 할 수 있었던 이유가 더 있다. 무리하지 않게 늘려갔다. 매일 15분씩 1년 정도 운동하다가 조금씩 늘려서 요즘은 40분 정도 운동을 한다. 눈에 띄게 좋아지는 건 없어도 몸이 좀 가벼워졌고 자신감이 더 생겼다.

　　매일 먹고, 자고, 일어난다.
　　그건 죽기 위해 하는 게 아니었다.
　　살기 위한 본능의 움직임이었다.

　매일 똑같은 움직임을 살기 위해 한다고 생각해보지 않았다. 어쩔 수 없이 했지만 돌아보니 삶을 이어가기 위한 것들이었다.

　나와 비슷한 장애를 가졌지만 세상을 관대하게 바라보는 그의 시선이 정말 존경스럽다. 조금이라도 마음이 느슨해지면 〈위라클〉을 본다. 그를 보면 지금보다 더 잘 살아가고 싶다.

⋮

146

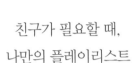

친구가 필요할 때,
나만의 플레이리스트

    마음을 다 터놓는 친구가 단 한 명만 있어도 그 인생은 성공했다는 말이 있다. 내겐 그런 친구가 몇 명 있다. 좋은 일에는 자기 일처럼 기뻐하고, 아픈 일에는 함께 나누려고 애써주는 그 친구들이 그렇게 든든할 수 없다. 그러나 아무리 친한 사이라도 매번 내 마음을 온전히 다 이해해주길 바랄 수 없다.

    누군가에게 마음을 털어놓기 미안하거나 감정을 표현하고 싶지 않을 때 곁에 두고 즐겨 듣는 음악이 몇 곡 있다. 음악에 따라 다가오는 위안이 다르다.

:

홀로 육지에서 멀리 떨어진 무인도에 있는 것 같은 절대 고독 속에 빠질 때가 간혹 있다. 어떤 것도 재지 않고 그저 누군가에게 맘껏 기대고 싶을 때 듣는 노래, 자우림의 〈샤이닝〉이다.

어느 날, 한동안 만날 사람도 나갈 곳도 없어 외로움이 밀려왔다. 그러던 중 TV에서 흘러나오는 노래를 무심히 듣다가 '혹시 내 이야기를 노래하는 건가?' 할 정도로 내 마음과 비슷해서 심장이 쿵하고 울렸다.

"지금이 아닌 언젠가, 여기가 아닌 어딘가, 나를 받아줄 그곳이 있을까. 가난한 나의 영혼을 숨기려 하지 않아도, 나를 안아줄 사람이 있을까."

신비한 멜로디와 대사를 읊조리는 듯한 노랫말이 가슴에 박혔다. 네가 왜 외로운지 묻는 대신, 그런 심정이 드는 게 당연하다고 말하고 있었다. 노래를 듣고 또 들었다. 거친 바다에서 밀려온 파도가 점점 잔잔해지면서 모래밭에 부드럽게 잘 스며드는 것처럼 내 안에 예기치 않게 솟구치던 불안을 평안히 잠재웠다.

"풀리지 않는 의문들, 정답이 없는 질문들, 나를 채워줄 그무엇이 있을까?"

:
:

그렇다. 삶에 정답은 없다. 폭풍처럼 정신없이 쏟아지는 질문을 짊어지고 여전히 살아가야 한다. 나 혼자만의 고민이 아니었다고 노래가 말해주고 있었다.

어느 날, 인터넷에서 우연히 들려온 노래를 들었다. 폴킴의 〈마음〉이었다. 그때 마침 나도 모르는 사이 사람들에게 상처받고 아팠을 시기였다. 내가 잘못해서 인간관계가 잘 안된다고 생각했다.

"숨기는 게 익숙해진 그런 마음 나눌 수 없는 사람, 어두움이 아침보다 시린 위로가 되는 그런 사람, 가시 돋친 말들에 움츠러들지 마."

내가 어떤 말을 하지 않았는데 마치 내 마음을 아는 것처럼 노래가 속삭여줬다. 사람들의 가시 돋친 말들에 움츠러들지 말라고, 힘든 건 당연하지만 사실은 별거 아니라고 했다.

생각해보니 내 마음이 쉽게 깨질 때 사람들의 말을 부풀리게 해석해서 힘들었다. 그 상처를 내 삶의 일부로 여겼다. 그런데 별거 아니라니, 그렇게 간단한 걸 몰랐다.

앞날을 생각하면 막막할 때가 많았다. 아플 만큼 아파도 막

:

상 다시 아프면 끝없이 절망했다. 얼마나 많은 날을 견뎌야 좋은 날이 올 건가 생각하면 저절로 한숨이 나왔다.

처음에는 누군가가 내 아픔을 알아주길 원했다. 먼저 눈치 채고 위로해주길 바랐다. 시간이 지나 생각하니 아무도 상처 주지 않는데 스스로 상처 받고 있었다. 노래는 그런 나를 보게 해줬다. 복잡하게 엉켜 있던 마음이 점점 단순하게 풀어졌다. 사람이 해주는 위로의 말보다 선율에 담긴 한마디의 가사가 더 와닿는 순간이었다.

추억과 함께하는 노래에는 더 많은 의미가 있다. 특히 사랑했던 사람과 함께한 기억 속의 노래는 잊을 수가 없다. 그 사람이 자주 듣던 노래, 내게도 불러주던 노래. 좋은 추억과 함께했던 노래가 그 시절의 기억을 불러온다. 음악을 들으면 마치 그 사람과 함께 있던 시간으로 돌아가는 것만 같다. 좋았던 순간을 다시 불러오고 싶으면 그때 함께했던 노래를 듣는다.

희한하게 누군가가 그리운데 그리워할 대상이 없을 때가 있다. 그럴 땐 김동률의 〈기억의 습작〉을 듣는다. 중학생 때 좋아했던 오빠가 즐겨 듣던 노래다. 그는 내 마음을 몰랐겠지만

이 노래로 그의 마음속에 들어가 나란 존재가 어떤 의미가 될지 생각해 본다. 이런 엉뚱한 상상을 하니 웃음이 나왔다.

"많은 날이 지나고 나의 마음 지쳐갈 때 내 마음속으로 쓰러져가는 너의 기억이 다시 찾아와, 생각이 나겠지."

얼마나 좋아했던 사람이기에 마음이 지칠 때 그 사람의 기억으로 다시 살아간다고 할까. 이 노래를 들으면 예전의 어린 나로 돌아가는 기분이다. 그 시절 누군가를 열렬히 좋아했던 감정이 다시 솟아나 두근거린다.

나는 이 세상에서 혼자가 아니었다. 보이지 않는 노래, 아름다운 추억, 그리고 내 주위 소중한 사람들. 그게 내 외로움에 반짝이는 별빛이 되어 주고 있다.

⋮

5장

나의 마음에 들어온
아름다운 세상

그땐 그게
전부였지

한동안 내 마음이 고장 났다고 생각했다. 이성을 보고 잘생긴 사람을 봐도 아무런 생각이 들지 않았다. 그 시간이 길어지니 '나 혹시 동성을 좋아하나?' 했지만 그건 아니었다.

누군가를 좋아하고 싶었다. 그러나 내가 좋아해도 상대방이 나를 싫어할 것 같았다. 상대가 어떤 사람이라도, 짝사랑이라도 상관없었다. 심장이 뛰고 설레는 감정을 다시 느끼고 싶었다.

어느 날, 한 친구가 눈에 띄었다. 그 친구와는 처음엔 책이나 영화로 친해졌다.

⋮

한 번은 영화를 보고 나오면서 내가 남자 주인공이 너무 멋졌다고 말했다. 영화에서 남자 주인공이 정장을 입고 걸어가는데 심장이 두근거렸다. 내가 원하는 이상형이 영화 속 남자처럼 키가 크고 정장이 잘 어울리는 사람이라고 열변을 토하며 나도 모르게 그를 빤히 쳐다보았다.

"왜? 왜 나를 봐?"

"아니, 뭐, 그냥……."

그가 멋쩍어하며 내 눈을 피했다. 이상했다. 분명 그는 내 이상형과는 반대였다. 키가 작았고 항상 캐주얼한 옷차림이었다. 그런데 내 눈에 문제가 생긴 게 분명했다. 그렇게 거적때기 같은 아무거나 걸쳤는데도 멋있다니, 말도 안 되는 일이었다.

집에 와서도 계속 생각났다. 내 생각이 미심쩍어 확인해 보기로 했다. 일단 얼굴을 자주 봐야 했다. 그러려면 우리 집으로 와서 만나거나, 나를 데리고 나가야 했다. 뭔가 이유가 있어야 자주 볼 일이 생기는데 딱히 할 말이 생각나지 않았다.

내가 맛있는 걸 사준다는 핑계로 자주 불러냈다. 그럴 때마다 좋아하며 와줬다. 지금 생각하면 그 단순한 방법이 통했을 거라 생각했던 내가 바보였다. 그가 거절을 잘 못하는 성향이

⋮

라 그랬던 것 같다.

거의 연락을 먼저 하는 것도 나, 먼저 만나자고 하는 것도 나였다. 내 연락을 잘 받아줬지만 먼저 연락이 잘 오지 않았다. 뭐가 씌었는지 그것만으로도 좋았다.

온통 그 친구 생각에 아무것도 할 수가 없었다. TV를 보면 마치 남자 주인공은 그가, 여자 주인공은 내가 된 것 같았다. 책을 읽으면 집중하지 못했다. 그로 가득 찬 마음이 책 한 장을 넘기지 못하게 만들었다.

내가 그를 싫어하는 이유를 수없이 되뇌었다. 소심하고 우유부단하고 무엇보다 가장 싫은 건 나를 좋아하지 않는다는 거였다.

그와 찍은 사진을 보았다. 눈을 비비고 봐도 내 스타일이 아니었다. 그냥 눈, 코, 입이 다 잘 있는 정도였다.

내가 너를 좋아할 이유가 없다고 생각했지만
지금 생각하니 마음속 빈 공간을
채워주는 사람이었다.

⋮

157

그를 만나며 대화를 많이 나눴다. 많이 들어줬고 많이 말했다. 그리고 상처 받지 않으려고 거리를 두기도 했다. 한 사람을 좋아하면서 웃는 날보다 우는 날이 더 많았다. 내 감정에 스스로 책임을 져야 했기 때문이다. 혼자 다른 걸 하려고 애썼다. 친구들을 만나서 수다를 떨었고 재밌는 영화를 보았다. 그런데도 내 머릿속 그의 자리에 다른 것들이 들어올 여유가 없었다.

나를 지켜보던 친구들이 '걔도 널 좋아하는 거 같아.'라고 했다. 아니었다. 내가 느끼기엔 자상한 것일 뿐 내게 호감이 있진 않다는 느낌이 들었다. 그렇게 생각하는 결정적 이유가 있었다. 그의 집에서 결혼할 여자를 만나 얼른 데려오라 한다고 했다. 얼마 뒤 그에게 여자 친구가 생겼다. 실망했지만 그를 보지 못하는 게 더 괴로워 내색하지 않았다. 그전만큼은 아니지만 아주 가끔 만났다.

누군가를 좋아하는 건 내 마음 깊은 곳의 감정까지 일렁이게 하는 설레는 일이기도 하지만, 내가 보지 못한 지질함 마저 일깨우는 일이기도 하다.

"야, 너 걔랑 안 어울려. 여우야 여우."

⋮

마음속 말을 하며 그가 여자 친구와 은근히 헤어지기를 기대하기도 했다. 혹 헤어져도 나를 좋아하게 될 리가 없단 걸 알았다.

남녀가 만날 때, 한 사람이라도 이성의 감정이 생기면 마지막이 있다는 위험을 감수해야 한다. 나는 그가 그만 보자고 하지는 않을지 항상 불안했다. 그리고 아주 조금은 내게 호감이 있지 않을까 기대도 했다. 상대는 생각지도 않는 것들을 혼자 마음에 만들다가 부수다가를 반복했다. 결국 어느 날에 그가 그만 보자고 말했다.

짝사랑은 그 시작과 끝을 스스로가 정할 수 있는 장점이 있지만, 단 하나의 단점을 넘어서지 못했다. 내가 사랑하는 사람이 나를 사랑하지 않는다는 절망은 너무 아프고 오래갔다. 마음으로 괜찮다고 했지만 실제로는 그렇지 못했다.

다시 깊은 우울함에 빠졌다. 마음이 오락가락했다. 괜찮다가도 갑자기 눈물이 났다. TV를 보다가도 멍하니 있다가도 시도 때도 없이 울었다. 그 누구를 만나도 온통 그에게 마음이 가 있었다. 언제쯤 내 기억에서 그가 사라질지 짐작할 수 없어 막막했지만 서서히 사라졌다.

:

헤어짐은 언제나 낯설고 두렵다. 그와의 추억이 모두 공중으로 사라지는 기분이다. 그러나 그를 만나 감정의 곡선을 오가며 이렇게 삶의 에피소드를 남기게 되었다.

"혹시 나 만난 거 후회해?"

드라마에서 남녀가 헤어지면 이런 대화가 자주 등장했다. 내게 질문해 줄 사람이 없으니 스스로에게 물었다.

"응. 너를 알고 지낸 1년 동안 내 수명이 5년이나 짧아진 것 같아."

이 답은 그에게 하고 싶은 것이고 진짜 속마음은 다르다.

"지금은 시시해서 웃음 날 정도지만 그땐 그게 전부였지."

:

자연은 나를
기다리고 있었다

　주위에 암 수술한 사람들이 있다. 생명을 위협받을 정도로 심한 사람이 있고, 그렇지 않은 사람도 있다. '암'이라는 단어는 죽음과 자연스레 연관 지을 정도로 무서운 것이다. 죽음의 그림자가 자신의 인생에 드리우는 것이다.

　암을 치료한 사람들을 보면 공통점이 있었다. 자신만의 시간을 갖거나 여행을 떠나는 거였다. 그동안 하고 싶었지만 하지 못했던 것들을 했다. 아마 앞으로 얼마나 기회가 올지 모른다는 마음에서 실행하는 게 아닌가 싶다.

:

나도 그랬다. 병원에 누워 있을 때 '아직 못 가본 곳이 너무 많은데…….' 아쉬움이 컸다. 햇볕을 쬐는 일을 비롯해 가보지 못한 곳에 대한 아쉬움이 더 커졌다.

햇볕에 대한 그리움은 퇴원 후에도 이어졌다. 주변에 휠체어로 갈 수 있는 산책길이 많지 않았다. 작은 턱이나 장애물이 무서워 안전한 곳으로만 가게 되었다. 아파트 앞 놀이터에 앉아 햇볕을 쬐는 게 거의 다였다.

그 후로 5년 정도 뒤, 한강 산책길로 바로 내려갈 수 있는 아파트로 이사해 전동 휠체어를 구매했다. 전동 휠체어 바퀴가 커 작은 턱 정도는 쉽게 넘어갔다. 마음껏 산책할 수 있게 되었다. 자유자재로 내 몸을 이끄는 게 그리 기쁜 일인 줄 몰랐다.

사고가 나고 10년이 지나니 내가 알던 곳과 친구들의 삶, 모든 것들이 변했다. 그러나 어린 시절부터 보았던 힘차게 흐르던 강물과 푸르른 나무들은 그대로였다. 아무도 돌보지 않는 들꽃과 나무들이 자연의 섭리를 따르고 있었다. 묵묵히 자기 자리를 지키며 스스로 해야 할 일을 다하고 있었다.

⋮

아무것도 할 수 없었던 시간만큼 많은 것들이 변했다.

그러나 자연은 나를 기다리고 있었다.

SNS에서 종종 다른 사람들이 찍은 사진들을 통해 내가 직접 보지 못한 풍경을 보고 감탄하며 부러워했다. 어떻게 그리 좋은 곳에 갈 수 있는지, 사진을 잘 찍을 수 있는지, 나도 모르게 사진 속 풍경으로 빨려 들어갔다.

사진은 세상을 담는 또 다른 눈이라고들 하지만 직접 보는 것과 차이가 있다. 사진에 담는 건 그 찰나일 뿐, 사방에서 느껴지는 그 기운을 온전히 담을 수는 없다.

산책에서 만난 풍경은 달랐다. 구름 사이로 햇빛이 비치면 마치 희망이 얼굴을 내미는 것 같았고, 비가 오면 온 세상이 물을 머금어 싱그러워 보였다. 빛나던 태양이 바로 몇 분 뒤에 구름으로 가려져 보이지 않게 되고 또 몇 시간 뒤에는 산을 넘어가는 노을빛으로 변하기도 했다. 만물이 움직이는 걸 느끼며 내가 살아 있는 게 느껴졌다. 자연도 나도 살아 움직이고 있었다.

"빛은 실로 아름다운 것이라 눈으로 해를 보는 것이 즐거운

:

일이로다."

성경 전도서에 이런 구절이 있다. 집에서 아무리 TV 여행 프로그램인 〈걸어서 세계 속으로〉를 재미있게 봐도 우리 집 근처 산책길이 더 기억에 남을 정도로 감동을 준다. 들꽃 한 송이라도 직접 눈으로 보는 게 더 즐거운 일이다.

눈에 담은 풍경을 다시 보고 싶어 사진으로 담았다. 한 번은 내가 찍은 사진을 본 친구가 말했다.

"휠체어에 앉은 각도가 사진이 잘 나오는 건가? 왜 네가 찍으면 사진이 예쁘지?"

"에이, 나보다 더 다양한 각도에서 찍어야 잘 나오겠지. 그냥 찍는 거야."

나는 사진이 잘 나오는 각도를 모른다. 어떻게 찍어야 한다는 지식이 전혀 없다. 내 감각이 남다르다거나 좋은 건 아니다. 산책을 시작한 후 스마트폰으로 사진을 찍기 시작했으니 그리 오래되지 않았고, 대부분 사진이 흔들려 다른 사람에게 보여주기조차 부끄러울 정도였다.

상대를 사랑하면 그 사람을 찍은 사진이 잘 나온다는 말이

⋮

있다. 자연을 보며 다른 사람들이 스쳐보는 걸 나는 자세히 들여다본다. 눈앞의 풍경을 볼 수 있는 게 너무 소중하다.

산책길에서 만난 수많은 자연이 내게 말을 거는 것처럼 느껴진다. 때로는 이런 말이 들려오는 것 같다.

"내게서 나오는 것들을 있는 그대로 느껴봐."

가만히 자연을 느끼면 솔솔 부는 바람을 타고 나무의 푸르른 향이 내 몸을 감싼다. 그 향기가 오랫동안 몸에 배어 함께 숨 쉰다.

비로소
봄

'설렘, 사랑, 시작, 운명, 꽃향기, 눈꽃, 햇살, 아름다움'

'봄' 하면 떠오르는 것 중에는 거의 다 긍정적인 게 많다. 꽃 피는 봄이 오는 건 많은 의미를 갖고 있다.

내게 봄이 어떤 의미인지 떠올렸다. 우울했던 시간 중에 내게 봄은 없었다. '다음 해가 되면 내 마음에도 봄이 올까?' 하고 바랐지만 오지 않았다. 언젠가는 올 거라 기대하며 대여섯 번의 봄이 지나갔다. 우울한 마음으로 보았던 봄은 그저 지나가는 시간일 뿐이었다.

⋮

"우울한 사람은 봄이 와도 우울하대."

내가 우울함을 겪은 걸 몰랐던 친구가 놀라며 말했다. 자신의 눈으로 세상을 보는 것과 달라 이해할 수 없었나 보다. 우울한 마음은 봄이 오거나 아무리 더 좋은 세상이 와도 그저 암흑으로 뒤덮인 세상으로 보게 만들었다.

우울함이 사라진 지금의 눈으로 보면 그동안 아름다운 봄을 느끼지 못한 게 아쉬웠다. 반면 그런 눈으로 본 세상이 있기에 지금 더 환해졌는지 모르겠다. 봄을 느끼는 게 매번 새롭기 때문이다.

어느 해 3월 말, 집주변에 벚꽃이 활짝 피었다. 나는 한층 따사로운 날씨에 사방에 벚꽃이 활짝 피어난 걸 보고서야 비로소 봄이 왔다는 걸 느낀다. 다른 꽃도 좋지만 핑크빛 작은 꽃잎이 휘날리는 벚나무를 가장 좋아한다.

딱히 약속이 없어서 어디 나갈 일이 있으면 벚꽃을 자연스레 보려고 했다. 며칠 지난다고 사라지진 않을 거라 여겼다.

며칠 후 비가 올 거란 예보가 들리자, 매번 봄에 벚꽃이 피면 시샘이라도 하듯 비가 온다고 엄마가 말했다. 나는 그저 만

⋮

167

물을 촉촉이 적셔주는 봄비일 거라 여겼다. 낮에는 비가 꽤 많이 내렸다. 밤이 되니 바람까지 세차게 불었다.

다음 날, 창밖을 보니 예상대로였다. 꽃잎이 바닥에 떨어져 바람에 휘날리고 있었다. 미처 세상을 살아보지 못하고 죽음을 맞이하는 꽃잎들의 절규 같아 보였다. 허무함이 밀려왔다. 마치 시작도 해보지 않은 채 끝을 본 느낌이었다.

며칠 뒤 햇볕을 쬐기 위해 양평으로 산책을 갔다. 그곳은 우리 동네에서 차로 30분 정도 떨어진 거리였다. 양평 쪽으로 달릴수록 다른 풍경이 이어졌다.

시간을 거슬러 올라가는 듯 아직 피어 있는 개나리와 벚꽃들이 드문드문 보였다. 마치 사라진 봄이 다시 돌아온 것 같았다.

그곳엔 벚꽃이 활짝 피어 있었다. 나무에 올망졸망 붙어 있는 꽃잎을 보니 마음이 뭉클해졌다. 실망감이 한순간에 날아갔다. 중국 송나라 시인, 소옹(邵雍)의 시가 떠올랐다.

"좋은 술 마시고 은근히 취한 뒤 예쁜 꽃 보노라. 반쯤 피었을 때."

⋮

나는 이 시에서 '좋은 술'과 '은근히'라는 대목에 눈길이 갔다. 술을 마신 후 고조된 감정은 아무리 나쁜 것도 가볍게 넘어가게 만드는 마력이 있다.

내 마음 상태에 따라 보이는 게 달라진다. 꽃이 아닌 언제든 보이는 사철나무라도 좋은 마음의 눈으로 보면 그저 아름답기 마련이다.

좋은 술을 마시는 것처럼 좋은 감정을 담는 건 중요하다. '은근히'는 너무 과하지도 부족하지도 않은, 튀지 않은 정도를 말한다.

'좋은 술 마시고 은근하게 취한 뒤'라는 시 구절을, '좋은 감정을 은근하게 이입해서'로 바꿔 본다. 누구나 아는 사실이지만 술을 마시면 기분 좋아지고 꽃은 아름답다. 그러면 술을 마시지 않거나 꽃을 보지 않더라도 좋게 느끼는 건 어떻게 할 수 있을까?

그건 '은근히' 세상을 바라볼 줄 아는 사람이라고 여겨졌다. 좋은 일에 너무 앞서가지 않도록 마음을 다스리거나 나쁜 일에 크게 무너지지 않도록 마음을 다잡는 것이다.

맑은 하늘에서 뿜어지는 빛과 연한 핑크빛의 꽃잎이 잘 어우러져 마치 푸른 하늘에 피어 오른 것 같았다. 산책길에 떨어지던 꽃잎이 바람을 따라 내 앞으로 우르르 몰려들었다. 내 무릎에 살포시 자리를 잡는 잎들도 있었다. 그 꽃잎을 하나 손에 놓고 만졌다. 꽃잎을 보며 나도 모르게 이런 시를 읊게 되었다.

"좋은 마음으로 은근히 취한 뒤 예쁜 세상 보노라. 내 눈이 가는 곳 어디든."

며칠이 지나고 외출하는 길에 벚꽃을 보니 거의 다 떨어져 아슬아슬하게 나뭇가지에 붙어 있었다. 그 꽃잎 사이로 초록 잎사귀들이 자라나고 있었다. 자신의 할 일을 다하고 초록 잎에 자리를 내주며 사라지는 꽃잎 또한 아름다웠다. 그 짧은 시간 꽃을 피웠던 세상이 얼마나 아름다웠는지 벚나무는 알고 있을 것이다.

조금씩 변해가는 계절을 볼 수 있는 건 또 다른 즐거움이다. 아마 그건 이미 벚꽃을 보았고, 꽃잎을 만져본 여유에서 나온 마음일지도 모르겠다. 꽃이 피어도, 꽃이 져도 괜찮은 봄이다.

봄이 지나더라도 따뜻한 마음으로 세상을 보면

여전히 봄이 된다.

모든 것은
연결되어 있다

어린 시절 우리 집 마당엔 감나무와 앵두나무가 있었다. 계
절마다 꽃피우고 열매를 맺으며 즐거움을 주는데 내가 해줄
수 있는 건 고작 물을 주는 게 다였다. 나무가 땅에 뿌리가 박
혀 움직이지 못하고 답답하진 않을지 외롭진 않을지 염려되
었다.

나무와 대화를 나눌 수 있으면 얼마나 좋을지 상상했다. 아
프면 아프다고, 좋으면 좋다고, 목이 마르면 마르다고 표현하
면 편할 거라 여겼다. 그게 안 된다면 나무들끼리라도 대화를

:

나누면 참 좋을 것 같았다. 그런데 그 일이 실제로 일어나고 있다고 한다. 최근에 유튜브를 보다 알게 된 사실이다.

캐나다 산림학자, 수잔 시마드 교수는 나무들이 서로 연결되어 대화를 나눈다고 했다. 숲속 나무들이 땅 속 균망을 통해 건강한 집단이 되기 위해 서로 정보를 나눈다는 것이다. 엄마 나무의 영양분을 어린 묘목에게 나눠 보살피기도 한다고 했다.

나무들끼리는 자신의 것을 서로 나누고 교류하고 있었던 것이다. 나무가 외롭지 않아 참 다행이었다.

자연 없이 사람이 살 수 없다는 건 누구나 아는 사실이다. 자연이 조화롭게 움직여야 우리 삶도 안정될 수 있다. 그렇게 세상은 균형을 맞춰가며 움직이고 있었다. 홀로 성장하는 게 없었다.

인간관계에서도 균형이 필요하다는 걸 실감한다. 내가 사랑을 받으면 그만큼 나눠야 인간관계가 조화롭게 이뤄진다고 생각한다. 마음에 균형 없이 한쪽으로 치우쳐진다면 혼자만 동떨어진 삶이 될 수밖에 없다.

내가 아플 때 많은 사람들에게 사랑과 도움을 받았다. 그땐 고마움을 잊고 더 관심 받고 싶었다. 받으면 받을수록 충족되는 게 아니라 항상 부족했다. 그러니 그런 나를 마음으로 미워하고 이해하지 못했던 사람도 있었을 것이다.

우울함 속에 심하게 기울어져 판단이 흐려졌다. 너무 부정적으로 치우쳐 뭔가를 채워도 만족감이 없었다. 채워도 돌아서면 허전함이 가득했다. 삶이 항상 제자리걸음 같았다.

그때 부정적인 기운을 없애려고 삶의 의미와 희망에 가득 찬 말을 수없이 되뇌었다. '나는 행복한 사람이다, 뭐든 할 수 있다, 앞으로 성공할 사람이다.'라는 말을 주문처럼 했다. 그 말대로 되지 않는 현실을 보며 더 좌절했다.

지금의 상황보다 크게 부풀려진 희망은 내게 맞지 않았다. 적절하지 않은 긍정이 현실을 제대로 보기 힘들게 만들었다. 내게 적절한 위로가 되어 준 건 자연이었다.

자연이 굳어 있던 내 이기심을 녹게 만들었다. 푸르른 자연을 보면 공허함이 채워지는 기분이었다. 따사로운 햇살은 그 누구의 품보다 따뜻했고, 피부를 스쳐가는 바람은 불안함을 잠재워 줬고, 초록빛 잎사귀들은 희망을 줬다. 자연을 바라보며 마음이 한결 부드러워졌다.

⋮

상대를 사랑할수록 경계를 잘 지켜야 한다.
나와 상대가 멀어져도
끊어지지 않는 선으로 연결되어 있다는 걸 믿어야 한다.

우울함에 빠졌을 땐 무조건 좋은 걸 채우려고만 했다. 그게 내 삶에서 기다림의 시기인 줄 몰랐다. 매서운 겨울 앞에서 자연이 고요하게 기다리는 걸 보았다. 내게도 그런 시간이 필요했다.

이젠 사계절이 오가듯 인생을 바라본다. 희망과 함께 때로는 낙심되는 일이 있다는 걸 염두에 둔다. 매일 맑은 날만 있는 게 아닌 것처럼 흐리거나 비 내리는 날이 필요하다.

이젠 힘들면 한바탕 울 수 있고 좋으면 크게 웃을 수 있게 되었다. 다른 사람들의 감정도 살필 줄 알게 되었다. 예전엔 친구 기분이 나빠 보이면 나 때문에 그럴 거라 추측해 조마조마했다. 이젠 혼자 고민하지 않고 상대에게 직접 묻는다. 그러면 내 생각이 틀릴 때가 더 많았다. 그러니 혼자 오해하고 자책하는 시간이 사라졌다.

⋮

사람들과 자연에게 받은 사랑이 너무 많다. 이젠 나 혼자서 잘 먹고 잘 살아가고 싶지 않다. 내가 받은 따스한 마음을 나누고 싶다. 자연과 사람들과 이 지구상 모든 것들과 조화롭게 잘 살아가려 한다.

⋮

민낯의 계절,
여름

 나는 여름을 좋아한다. 추위를 많이 타는 겨울이 싫어서 여름을 더 좋아하기 시작했다. 여름의 세상은 푸른빛으로 뒤덮여 활기가 넘치고 옷이 얇아져 몸이 가벼워진다. 바다와 산, 어디를 가도 기분 좋은 계절이다.

 엄마는 여름에 땀이 흘러내려 화장을 하지 않는다. 엄마가 이해되지만 나는 나이가 들어도 꾸미고 다녀야겠다는 생각을 했다. 분명 속마음을 입 밖으로 내지 않았는데 엄마가 마치 그 마음을 안다는 듯 말했다.

⋮

"나는 우리 엄마처럼 나이가 들어도 폼이 안 나는 몸뻬 바지는 절대 안 입을 거라 생각했지. 내가 엄마와 똑같아질 줄이야."

그 말을 자주 들으며 자라왔지만 내 마음에 이렇게 빨리 와닿을 줄 몰랐다. 나이가 들수록 가끔 내 몸이 귀찮다는 느낌이 들었다. 아니, 정확히는 내 몸에 붙은 것들이 성가셔지기 시작했다. 딱 붙는 속옷, 팔을 죄는 티셔츠가 너무 답답했다. 특히 여름에 화장을 하는 건 유독 힘들었다. 몇 번 하다가 화장을 안 해도 티가 나지 않을 것 같아 안 했다. 아름다움보다 편안함이 주는 만족감이 컸다.

나는 화장을 하는 것과 안 하는 게 차이 난다는 말을 종종 듣는다. 스스로가 봐도 차이가 많이 난다. 일단 파운데이션을 바를수록 어두웠던 피부 톤이 화사해진다. 숱이 없는 눈썹에 펜슬이 지나갈 때마다 윤곽이 더 선명해진다. 아이라이너와 마스카라가 더해지면 원래의 눈보다 두 배 정도는 커 보인다. 화장을 제대로 하고 사진을 찍으면 거의 딴사람이 될 정도였다. 고등학생 조카가 내 화장 전후 영상을 SNS에 올리면 난리 날 정도라 했다.

:

내 민낯이 얼마나 다른지는 나를 못 알아본 사람들을 통해 더 알게 되었다. 그중 한 사람이 스무 살에 좋아하던 남자였다. 그에게서 여자 친구가 없다는 말을 들었다. 그의 마음을 알 수 없었지만 어느 정도 내게 관심이 있는 것 같았다.

어느 여름날, 나는 가족과 집에서 저녁 식사를 하고 바람 쐬러 카페에 갔다. 씻고 난 상태라 젖은 머리를 풀고 맨 얼굴에 렌즈를 빼고 검정 뿔테안경을 썼다. 전망이 좋은 곳에 앉았는데 낯익은 사람이 보였다. 그 남자였다. 내 쪽을 흘깃 보길래 혹시라도 내 민낯을 볼까 봐 딴청 하며 다른 곳을 응시했다. 잠시 후 한 여자가 그 남자 옆에 앉았다. 누가 봐도 연인의 모습이었다. 주위 사람들을 신경 쓰지 않고 스킨십하며 웃음이 끊이지 않았다. 그의 이중성에 충격을 받았지만 차라리 미리 그 실체를 알아 다행이었다.

며칠 뒤, 그에게 '너 왜 나한테 연락을 안 해?' 문자가 왔다. 그냥 무시할까 하다가 답장을 했다. '내가 너한테 연락해야 되냐?' 보내자 전화가 왔다.

"너 나한테 화났어?"

"아니, 내가 뭔데 너한테 화를 내. 이럴 시간에 네 여친한테

나 잘해."

"참 나. 내가 여친이 어디 있냐?"

"며칠 전 네가 갔던 그 카페."

내 말에 그가 순간 멈칫하는 것 같았다.

"그래, 나 거기 갔어. 그런데 왜? 나 보기라도 했어?"

거기다 대고 직접 보았다고 할지 말아야 할지 순간 고민했다.

"그래, 내 친구가 너 봤대."

"그래? 혹시 머리 산발하고 까만 안경 낀 여자 아냐? 그 작은 눈에서 레이저라도 나오는 줄 알았네."

"야!!!"

너무 화가 나 소리를 질렀다. 내 목소리에 질세라 그도 큰소리를 냈다.

"왜? 뭐?"

"내 친구 모욕하지 마라."

차마 그 여자가 나라고 하지 못했다.

화장을 열심히 하는 사람은 공감할 것이다. 내 맨얼굴을 신뢰감이 있지 않은 사람에겐 보일 수 없다. 그러나 시간이 그

단호함을 무너뜨리고 있다. 나는 점점 남을 의식하지 않아도 괜찮은 나이가 되고 있다.

조카가 한 명씩 태어날 때마다 거실에 걸린 젊고 아름다운 사진 속 여자가 나라고 설명을 해야 마음이 편했다. 조카가 말문을 트자마자, '저 사진은 내가 젊고 건강했을 때 찍은 거야. 봐봐. 지금 나와 비슷하지?' 거의 세뇌하는 수준으로 말해뒀다. 그러면 조카들이 커가며 그 사진을 봐도 아무 궁금증 없이 잘 넘어갔다. 그러다 깜박하고 막내 조카에게는 가르치지 못했다. 올해 일곱 살인 막내 조카가 내 사진을 유심히 보다가 내게 물었다.

"저게 누구예요?"

"나잖아. 고모."

"어? 아닌데요."

그렇다. 그 아이는 태어나 고작 나를 본 게 6년 정도인 데다가 만난 날을 횟수로 치자면 몇 달이 채 되지 않았을 것이다. 화장을 하지 않은 데다 세월이 지난 내 얼굴이 당연히 낯설었을 것이다. 그렇지만 아무도 못 알아봐도 그 사진은 나다. 꾸미기 귀찮은 지금의 내 모습도 나다.

내가 여름을 좋아하는 이유를 방금 하나 더 알게 되었다. 꾸미지 않는 내 모습 그대로를 보일 수 있는 게 여름이다. 나는 여름이 편하다.

내가 그 무엇이
되지 않더라도

  사소하게 생각했던 습관, 사소하게 여겼던 풀 한 포기도 아
주 귀하다는 걸 예전엔 몰랐다. '티끌 모아 태산'이란 말보다
'티끌 모아도 티끌'이란 말이 더 와닿았다. 나를 수년간 제자리
걸음 하게 만든 건 세상을 향해 닫혀버린 내 마음이었다.

  집에서 작은 화초를 키웠다. 하루하루 크게 달라진 게 없더
니 한 달 만에 부쩍 자라 있었다. '식물도 자라는데 도대체 나
는 뭘 하고 있나?' 했다. 아주 사소해 보이는 하루지만 모이면
큰 힘이 있었다.

⋮

내가 그 무엇이 되는 것보다 할 수 있는 걸 찾는 게 목표였다. 심리학을 했다고 취업이 잘되거나 바로 상담사가 되는 건 아니었다. 취업을 하고 싶어 상담센터 몇 군데 문의했다. 돌아오는 답은 똑같았다.

"경력직만 뽑아요. 경력이 없으면 안 됩니다."

어디에서도 나를 써주지 않았다. '아니, 경력을 쌓으려고 하는 건데 경력이 없으면 안 된다니 나는 어디로 가야 하나?' 막막했다.

다시 막다른 곳에 갇힌 기분이었다. 다른 선택이 없었다. 세상에서 가장 하기 싫은 공부보다 더한 '다시 공부'가 기다리고 있었다.

'청소년 상담사'라는 자격증을 준비했다. 내가 공부할 땐 일 년에 한 번만 시험이 있었는데, 첫 필기시험에 떨어졌다. 다시 일 년을 기다려야 했다. 그리 조급하지 않았다. 어차피 끝까지 해야 할 일이라 생각했고 그게 아니라면 할 게 없어서 오히려 마음이 편했다.

그다음 해 필기시험에 합격했다. 2차 시험인 면접은 한 번에 합격했고 그다음은 9일간의 연수가 있었다.

:

184

하루 8시간씩 앉아 있어야 하는 부담감보다 더 힘든 건 생판 모르는 사람들을 마주하는 거였다. 열 명이 넘는 사람들과 한 조가 되어 같이 과제를 해나가고 계속 소통해야 했다.

막상 마주하니 생각보다 어렵지 않았다. 오히려 한 조가 된 사람들이 나를 배려해 줘서 편했다. '그래, 어차피 모르는 사람들 사이에서 자신감을 가지자.' 공부하며 모르는 걸 부끄러워하지 않고 전문가에게 바로 묻고 피드백을 받으니 재밌기까지 했다.

실패는 부끄러운 게 아니다.
도전하지 않는 것이 부끄러운 것이다.

자격증을 취득하면 삶이 좀 달라질 줄 알았다. 그렇지만 나는 여전히 경력이 없는 사람이었고, 어디에서도 일할 수 없었다. 좌절했다. 다시 내 삶의 목표를 상기시켰다. '극복이 아니라 뭐든 하나씩 해보는 것' 그거면 되는 거였다.

마음 한편에 '다시 아무 쓸모 없는 사람으로 돌아가자.'는 유혹이 일렁였다. 거기에 마음을 주지 않기 위해 쉬지 않고 움직

⋮

185

여야 했다.

아무도 나를 써주지 않으니 스스로 찾아 나섰다. 초등학생을 대상으로 독서 지도를 해보기로 했다. 단 두 명이 모였다. 정말 소중한 아이들이었다. 아이들은 내게 편견이 없었다. 내가 다친 이유를 설명하니 궁금해하지 않고 넘어갔다. 일 년 넘게 하다가 다른 걸 찾아보고 싶었다.

중간중간 쇼핑몰 이미지를 만드는 일과 한국사 자격증을 따 과외를 하기도 했다. 청소년이 고민을 올리는 게시판에 간혹 답변을 했다. 때로는 힘들고 하기 싫었지만 뭔가를 했다는 작은 성취감이 숨을 쉬게 만들었다.

몇 년 전 인터넷에 돌던 조카와 이모 사이에 나눈 문자 내용이 있다. 한 어린 조카가 이모에게 커서 뭐가 될 거냐고 물었다. '이모는 다 컸어.'라고 답하자, 조카가 '그럼 이모는 뭐 된 거야?' 했다는 이야기다.

고등학생 조카가 이걸 내게 보내며 물었다.

"이모는 지금 뭐 된 거야?"

"나, 뭣도 안 되었지. 지금 이렇게 있잖아."

⋮

"와, 부럽다. 나도 이모처럼 될래!"

조카의 반응에 웃음이 났다. 공부에 치여 살던 조카는 거의 집에서만 지내는 내가 부러웠던 모양이다. 어떤 모습이건 나를 부러워하는 누군가가 있어서 참 힘이 되었다.

40년을 넘게 살았는데 아직도 나를 모르겠다. 어떤 게 나와 맞는 일인지도 모르겠다. 세상이 여전히 힘겹다. 단지 암울했던 시절과 달라진 건 내가 느끼는 감정과 나를 있는 그대로 받아들이는 것이다. 그 무엇이 되지 않았어도 자라나고 있어 참 다행이다.

:

절대 부끄러운 게
아니야

　예전부터 한창 자라는 조카들에게 '성교육'을 해야겠다고 계획했다. 청소년 상담을 배우며 가정에서 아이들에게 성교육을 하는 게 얼마나 중요한지 알게 되었다. 올바른 성 정체성을 정립시키고 싶어 그동안 책으로 틈틈이 공부했다. 조카들에게 '이모가 다음번에 너희한테 성에 대한 걸 알려줄 거야.'라고 말해뒀다.

　어느 날, 조카 넷이 집에 놀러왔다. 원래 조카들이 여섯 명인데 한 명은 너무 어리고 한 명은 고등학생, 네 명이 비슷한

⋮

또래였다. 아홉 살부터 열두 살까지 한 살씩 차이가 났고, 열두 살인 남자애 말고는 다 여자애들이었다. 조카들을 방에 모아놓았다.

"애들아! 너희에게 전부터 하고 싶었던 이야기를 하려고 해. 자, 이제부터 즐거운 공부시간이야. 혹시 여성, 남성, 성에 관한 이야기를 들은 적 있어?"

내가 조심스레 물었다. 아이들이 서로를 쳐다보았다. 열 살부터 열두 살까지 셋은 들어본 적 있고, 아홉 살인 막내만 없다고 했다.

"이제부터 이 이모가 선생님이야. 전문가 선생님이란 말이지."

나도 모르게 긴장되었다. 갑자기 막내가 손을 들었다.

"이모, 아니 선생님. 그런데 지금 이 이야기 누가 밖에서 들으면 어떡해요?"

"성이란 건 아주 아름다운 거야. 절대 부끄러운 게 아니야."

나는 당황하지 않고 차분하게 대답했다. 사춘기 때 몸의 변화부터 설명했다. 자신이 아는 걸 말해보라니까 막내를 빼고 경쟁하듯 아이들이 여자는 가슴과 엉덩이가 커지고, 남자는

:

목소리가 달라진다고 했다. 잘했다며 칭찬하는데 오빠와 언니들에 질세라 막내가 또 번쩍 손을 들었다.

"저도 알아요. 여자는 배가 점점 커지면서 자국도 생겨요."

"그래, 아기를 가지면 성장하면서 배가 커지는 거란다. 좀 이따 자세히 공부할 거야."

막내는 좀 실망하다가 다시 뭐라도 맞히겠다는 듯 금세 눈을 반짝거렸다. 내가 여성의 생리에 대해 설명했다. 그 정도쯤은 안다고 다들 자신만만했다. 그러면 생리 주기가 어떻게 되는지 아냐고 물었더니 열두 살 남자애가 확신에 차 소리쳤다.

"일 년에 세 번이요."

"아니야, 일 년에 두 번일 걸?"

열 살 여자애가 끼어들었다. 나는 웃음을 겨우 참으며 답을 해줬다. 그리고 미리 준비해둔 그림을 꺼냈다. 남자의 신체 그림이었다. 침착하게 설명하려는데 막내가 또 손을 들었다.

"선생님, 오빠 거랑 틀린데요?"

"야이 씨, 너 죽을래?"

오빠가 막내에게 버럭 화를 냈다. 막내가 지지 않으려 했다.

"아니! 맞잖아. 왜 화내고 그래!"

:

"어른이 되면서 남자 몸이 그림에서처럼 변화해. 점점 성숙해져. 아주 자연스러운 거지."

그다음으로 정자와 난자가 만나 아기가 생기는 임신 과정에 대해 설명했다.

"나는 결혼 안 할 건데요. 그런데 만약 결혼할 사람이 좋은 사람인 걸 어떻게 알아요? 결혼하고 나서 도둑놈이면 어떡하죠?"

열한 살 아이가 느닷없이 물었다.

"우리가 커가면서 사회생활을 하고, 여러 경험을 하면서 지혜로운 눈이 생기게 된단다. 내가 좋은 사람이 되도록 노력하면 자연스레 좋은 사람을 만나겠지."

이어서 청소년기에 성에 대해 모른 채 임신하고 낙태한 사례를 이야기했다. 그땐 우리 몸이 다 성장하지 않아 몸이 망가질 수 있다고, 또 자신의 어리석음을 후회하고 평생 죄의식에 시달릴 수도 있다고 말했다. 만약 청소년이 된 후, 이성이 성관계를 요구하면 어찌할 지 물었다. 열 살 아이가 손을 들었다.

"그런데 그 남자가 성관계를 어떻게 하는지 알까요?"

"음, 그걸 아니까 요구할 테고, 그럼 어떻게 대처할지 말해

⋮

볼까?"

나는 새어 나오는 웃음을 겨우 참았다.

"꺼져. 이 새끼야."

열 살 아이가 당당하게 대답하자, 열한 살 아이가 한심하게 바라보며 말했다.

"그래도 욕은 좀 그렇다. 나는 이렇게 말할래요. 우리 헤어져. 다신 만나지 말자."

그 말에 웃음을 참지 못하고 겨우 말을 이어갔다.

"내 몸은 정말 소중한 거야. 내 몸은 내가 지켜야 하니까, 함부로 구는 사람에게 싫다는 말을 분명히 해야 해. 욕이라든가 자극을 주는 행동과 말은 안 하는 게 좋겠지."

어떤 사람이 신체 접촉을 한다거나 불쾌하게 굴 때는 그 자리를 빨리 피하고 부모님께 알려야 한다고 일렀다. 아이들이 그런 사람은 벌받아야 한다며 흥분했다. 내가 아이들을 다독였다.

"사춘기에 몸의 성장과 함께 마치 롤러코스터 타듯 마음의 변화도 심하게 일어나. 호르몬과 환경의 영향 때문이야. 그때 부모님과 친구 사이에서 갈등을 겪을 수 있어."

:

"어? 우리 엄마는 맨날 그러는데……."

"음……. 엄마도 사람이니까 집안일 하면서 힘들고 스트레스를 받아서 그럴 수도 있지."

우물쭈물 대답했는데도 아이들은 고개를 끄덕이며 수긍했다. 자신이 예민하다고 느끼거나 이상한 변화가 있다면 부모님에게 말하라고 덧붙였다.

무엇보다 중요한 건 자신을 사랑하는 거라며 스스로의 좋은 점을 말하라고 했다. 아이들은 한 치의 망설임 없이 자신은 예쁘고 착하다고 잘 생겼다는 말을 계속했다. 다들 즐거워 보여 이 시간을 잘 마련했다며 스스로를 칭찬하고 싶었다. 그런데 갑자기 막내가 손을 번쩍 들며 말했다.

"선생님, 그런데 이거 대체 언제 끝나는 거예요?"

:

6장

10년 뒤,
안녕

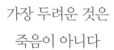

가장 두려운 것은
죽음이 아니다

내가 열다섯 살 때 외할머니는 집에서 세상을 떠났다. 할머니는 내가 태어나기 전부터 함께 사셨다. 할머니에게 특별한 병은 없었지만 연세가 많으셨다. 시름시름 앓을 때 이미 다들 어느 정도 마음의 준비를 했다. 할머니가 세상을 뜨기 얼마 전이었다.

"문 앞에 검은 옷을 입은 사람이 있어."

"할머니, 그런 건 없어요. 괜찮아요."

할머니가 부들부들 떨자 아무것도 없는데 이상하다고 여겼

⋮

다. 그때 철없는 생각으로 '할머니는 왜 나이가 많아도 죽음이 무서울까?' 했다.

할머니는 며칠을 앓다가 세상을 떠났다. 그 빈자리가 생각보다 오래갔다. 할머니가 무서워했던 걸 떠올리니 홀로 이 세상을 떠나는 게 두려워서가 아닐까, 짐작만 되었다.

죽을 고비를 몇 번이나 넘기고 40대에 들어서면서 나이가 든다는 걸 실감하고 있다. 몸 여기저기가 아파오기 시작했다. 작년에 팔이 저려서 정형외과에 진료를 받으러 갔다.

"이제 아플 나이죠."

충격이었다. 그동안 병원을 다니며 항상 의사의 말 앞에 수식어처럼 붙었던 '젊으니까…….'라는 말이 이제 내게 해당되지 않았다. 건강관리를 잘해야 하고 아픈 게 자연스러운 나이가 되었다.

건강하고 젊을 땐 전혀 몰랐다. 그동안 죽음이 멀리 있다는 생각과 죽음 후엔 천국이 기다린다는 안일함이 있었다. 나이가 들수록 점점 죽음과 가까워지고 있다. 아픈 데가 하나씩 생기고, 지난 일들이 더디게 기억되고, 동작이 원활하지 못하면서 뻣뻣해진다.

:

이제 할머니가 가졌던 두려움이 뭔지 알 것 같다. 아픈 데가 있어서 죽음에 대해 준비가 되어가는 건 아니다. 삶이 죽음을 향해 가고 있어도 그 순간을 상상해보면 무섭다. 그건 하나님에 대한 신뢰나 신앙의 문제가 아니고, 천국에 대한 확신이 희미해서도 아니라고 여겨졌다. 인간이 처음 겪는 미지의 세계라 두려운 것이다. 죽음 자체가 주는, 이 세상에서 마지막이라는 불안함이 문제였다.

삶에서 가장 무서운 건 죽음이 아니라, 죽음이 두렵지 않다고 생각하는 거였다. 하고 싶은 일을 다음으로 미루거나 시간이 얼마든지 있다며 마지막 순간이 한참 뒤에 온다고 믿는 것이다.

참 희한하게도 내 인생이 길다고 생각할수록 삶의 의미에 대해 깊이 생각하지 않았다. 남은 시간이 많으니 복잡하게 여겨지는 고민들을 뒤로 미뤘다. 몸이 아프면서 삶을 대하는 게 더 귀해졌다. 하고 싶은 일들도 많아졌다.

글을 쓰기 시작하면서 이곳저곳 출간 기획서를 넣었고 출판 콘텐츠에 지원을 했다. 그리고 글쓰기 플랫폼에 글을 썼다. 솔직히 처음엔 하고 싶어서 한 게 아니었다. 아무것도 하지 않는 삶에서 빠져나오고 싶어서 하나씩 시작한 거였다. 그러다가 욕심이 더해져 글을 더 많이 쓰고 싶어졌고 출간까지 하고 싶어졌다. 죽음을 두려워하지 않았다면 그렇게 적극적으로 하지 못했을 것이다.

내 죽음을 종종 떠올려본다. 그러면 가장 먼저 생각나는 건 엄마다. 내가 먼저 세상을 떠나면 가장 슬퍼할 것이고, 엄마가 먼저 세상을 떠나도 편치 않을 것이다.

"내가 먼저 죽으면 너를 남겨두고 가는 게 가장 큰 걱정이다."

엄마가 요즘 자주 되뇌는 말이다. 엄마는 자신의 죽음을 생각하는 순간에도 딸의 삶을 염려하고 있었다. 나는 '그때가 되면 다 살아가게 되어 있다.'며 안심시키지만 그 공허함이 가늠조차 되지 않는다. 그동안 엄마가 나를 간병하며 보낸 시간이 너무 길었다. 내게 자신의 모든 것을 아낌없이 내어줬다. 내게 주어진 시간을 얼마나 잘 쓸지 고민하고 오늘을 잘 살아가는 게 엄마의 걱정을 덜어주는 일이 될 것이다.

살아가면서 죽은 것처럼 살아가게 될까 봐, 혹은 많은 후회

:

를 남기고 죽을까 봐 두렵다. 나는 오랫동안 남에게 이유를 돌리며 시간을 그냥 흘려보냈고 시도조차 하지 않고 포기해 버린 것들이 많았다. 이제라도 내게 남은 시간을 허공으로 쏟아 버리고 싶지 않다.

내가 자유롭게 생각하고 선택하는 삶이
당연한 게 아니다.
지금 숨을 쉬는 그 자유로움이
누군가에겐 아주 절실한 일일지도 모른다.

세상을 떠난 사람을
기리는 법

할머니의 죽음 이후, 또 한 번 가까운 친구의 죽음을 겪었다. 친구는 내가 휠체어 생활을 한 지 10여 년 정도 지났을 때 세상을 떠났다. 어느 날, 친구의 언니에게서 전화가 왔다. 친구가 갑작스러운 사고로 세상을 떠났다고 했다. 이건 현실이 아니라고, 그럴 리 없다며 믿지 못했다.

한 달 정도 꿈을 꾸는지 현실인지 헷갈릴 정도로 정신이 흐릿했다. 친구를 갑자기 잃은 그 혹독한 상처는 시간이 지나도 쉽게 아물지 않았다.

⋮

내게 가까운 사람의 죽음은 그랬다. 슬금슬금 다가와 나도 모르는 사이 내 등에 칼이 꽂히듯 잔인하게 느껴졌다. 사랑하는 사람을 보내는 건 그만큼 아픈 일이었다. 그들을 앞으로 다시는 볼 수 없다는 사실을 인정하기 싫었다.

가까운 사람의 죽음을 보았고 나 또한 죽음의 직전까지 가보았기에 지금 내가 살아 숨 쉬는 것조차 어느 때는 당연하지 않게 느껴진다.

죽음은 생각보다 가까이 있었다. 내 마음에도 죽음이 문을 두드리는 걸 때로는 느낀다. 몇 달 전, 감기 몸살로 열이 났고 기운이 없으니 죽음이 떠올랐다. 분명 나을 병이란 걸 알면서도 당장 너무 아프니 속으로 '편안히 가고 싶다.'고 생각했다. 고통 앞에서는 그렇게 나약해졌다. 그러나 내가 그렇게 죽음을 맞지 않을 거란 걸 안다.

이제는 삶이 의미 있는 만큼 죽음도 의미가 있다고 생각한다. 그전에는 사랑하는 사람을 잘 보내는 방법을 몰랐다. 나처럼 사랑했던 사람을 잃고 그리워하는 사람들을 보았다. 사람마다 어떤 의미를 두는가에 따라 고인을 기리는 방법이 달랐다.

⋮

나는 사랑하는 사람의 죽음을 어떤 예식처럼 치르기 싫었다. 그전에는 방법을 몰라 놓쳤다면 이제라도 나만의 방법으로 기리고 싶었다. 세상을 떠난 사람들을 아름답게 추억하려 한다. 그건 그 사람의 흔적을 돌아보는 것, 좋았던 기억을 되새기는 것, 그 사람의 시선이 되어보는 것이다.

　할머니가 세상을 떠난 지 30년이나 지나 할머니의 물건이 남은 게 거의 없다. 눈에 띄게 남은 건 두꺼운 쇠로 만들어진 밥주걱이다. 내가 어릴 적부터 부엌에 있었고 밥을 풀 때마다 썼다.
　엄마가 그걸 쓸 때마다 '할머니의 주걱으로 밥을 뜨면 더 맛있다.'는 말을 한다. 그리고 그 주걱을 보며 할머니가 나를 위해 밥을 퍼주던 모습을 떠올린다. 고소한 밥 향기가 나는 몽글몽글한 김 사이로 보이는 할머니의 인자한 미소였다.
　할머니의 손길이 묻어난 게 하나 더 남아 있다. 목화솜으로 지은 이불이다. 할머니의 고향인 제주도에서부터 목화를 직접 키워 이불솜으로 만든 것이다. 솜이 더러워지거나 뭉치면 엄마가 그 솜을 다시 태워 겉 홑청과 천만 다시 해서 덮었다. 엄

마 말로는 할머니가 세상을 떠나고 목화솜을 두 번 태웠다고
한다.

시간이 지나도 그 포근함이 여전하다. 그 이불을 덮고 있으
면 할머니의 품처럼 포근하고 따뜻하다. 할머니의 손길이 언
제나 함께 할 수 있어서 다행이다. 그게 할머니가 내게 남긴
흔적들이다.

나는 아직도 내 핸드폰에 세상을 떠난 친구의 전화번호와
사진이 있다. 친구 사진을 볼 때마다 함께 했던 시간을 더듬어
본다. 친구가 이 세상에 오징어만큼 맛있는 음식이 있냐고 내
게 물은 적 있다. 내가 제일 좋아하는 음식이 치킨인데 나도
모르게 '그러게…….'라고 답했다. 그 친구와 오징어가 들어간
음식을 주로 먹으니 치킨에 버금가는 음식이 오징어가 되었
다. '아마 네가 아니었다면 오징어가 이리도 맛있는지 몰랐을
걸.' 하며 요즘도 오징어를 먹을 때마다 종종 혼잣말을 한다.

할머니는 무릎이 아프다고 두드리며 마루에 걸터앉아 한동
안 밖을 쳐다보았다. 그땐 그러려니 하며 아무 생각 없었다.
내가 휠체어에 앉아 멍하니 거실 밖을 보고 있으니 조금은 알
것 같았다. 그냥 그것만으로도 시간이 잘 흘러갔다. 바람에 흔

⋮

들리는 나뭇가지와 날아다니는 새들, 변덕스러운 햇살과 구름……. 할머니는 그런 것들을 보고 있었던 것이다.

나는 예전에 아름다운 자연을 봐도 아무 감정이 느껴지지 않았다. 꽃을 좋아했던 친구가 길가에 핀 꽃들을 보며 예쁘지 않냐고 해도 고개만 끄덕이고 시큰둥했다. 이젠 다르다. 길가에 핀 꽃들을 보면 아름답다 느끼고 자연스레 친구의 모습이 아른거린다.

세상을 떠난 사람들의 시선으로 보면 모든 것이 아름답다.
그건 내가 사랑했던 사람들을 기리는 방법이고
세상을 사랑하는 방법이다.

의사의 말대로라면 나는 10년 뒤 세상을 떠난다. 그보다 더 살지 덜 살지 알 수 없지만 오래 사는 게 그리 반갑지 않다.

가만히 있어도 온몸이 쑤시고 글을 쓸 땐 팔이 저리고 아프다. 펴지지 않아 구부러진 뭉툭한 손가락으로 키보드를 누를 때마다 불편하지만 내 글이 하나의 이야기가 되어가는 걸 보면 즐겁다. 여전히 내 삶은 아프지만 살 만하다.

⋮

살아 있는 동안 주위 사람들에게 좋은 흔적들을 남기고 싶다. 내가 가지고 있던 물건들과 책 속에서 누군가가 내 숨결을 느껴주길, 내가 본 세상의 시선으로 나를 생각해주면 좋겠다. 햇살 아래 앉아서 따뜻함을 즐기던 나를 떠올려주고, 휠체어를 탄 사람을 보면 나를 그리워해주면 좋겠다. 동그란 내 얼굴과 비슷한 보름달이 뜨면 나를 떠올려 웃어주길 바란다.

슬프고 아픈 기억은 밀어두고 아름답고 즐거운 추억만 꺼냈으면 한다. 사랑했던 연인과 이별을 하면 그 아픔이 오래가고 일부러 떠올리지 않아도 수시로 기억난다. 잊으려고 노력할수록 더 고통스럽다.

아프고 슬플수록 숨기지 말고 쏟아내야 잘 흘려보낼 수 있다. 세상을 떠난 사람을 보내는 것도 그렇다. 그 사람에 대한 슬픈 기억을 잘 흘려보낸 다음에는 좋은 기억들을 불러내 추억하는 것이다.

세상을 떠난 사람들이 살아왔던 시간을 공감한다면 지금 더 잘 살아가게 만드는 힘이 된다. 유한한 삶에 남겨진 내가, 떠나보낸 그들의 기억을 잘 정리한다면 삶을 의미 있게 살아갈 이유가 하나 더 생기는 게 아닐까.

:

마지막
산책처럼

　30대 초반, 엉덩이에 작은 상처가 생겼다. 얇은 살갗이 찢어지면서 피가 났고, 앉은 자세가 상처를 누르니 곪게 되었다. 어느 순간 그 부위가 점점 커졌다. 큰 병원에 가니 염증 부위가 생명까지 위협할 수 있다며 입원을 권했다.

　다행히 그 병원 성형외과 교수님은 욕창이나 피부 이식 수술을 잘한다는 소문이 나 있었다. 겉으로 보기에 작은 상처 같아도 안에서는 크게 곪아서 긴 시간이 걸리는 치료라 했다. 하루에 두 번 항생제 주사를 맞으며 곪은 부위를 치료받았다.

⋮

208

곪은 것을 완전히 없애야 살을 봉합하는 수술을 할 수 있었다. 그렇게 긴 치료가 시작되었다.

어깨 밑으로는 감각이 없어 그 부위가 아픈 걸 몰랐다. 오히려 정신이 너무 또렷해서 괴로웠다.

병원에서 가장 힘든 건 치료받는 시간이었지만, 그다음으로는 창문으로만 세상을 볼 수 있는 숨 막히는 공간이었다.

오로지 상처가 빨리 낫기만 바랐다. 간절함은 시간과 반비례하는 것인지 평소보다 몇 배는 시간이 천천히 흘러가는 기분이었다. 곪은 것을 다 치료받고 드디어 수술이 바로 다음 날로 다가왔다.

"오늘 외출해서 가고 싶은 곳을 다녀오세요. 마지막으로 보고 싶은 곳을요."

"네? 왜요? 저 죽을 수도 있어요?"

"아니요. 이제 수술하면 한동안 앉아 있지 못해서 그래요."

교수님 말에 생각나는 곳이 단 한 군데였다. 우리 집에서 멀지 않고 전망이 좋아 평소 자주 가던 생태공원이었다.

낮 12시 정도에 공원에 도착했다. 하필이면 그때가 8월 한여름이었다. 차에서 내리니 뜨거운 기운이 훅 올라왔다. 바람

한 점 없었다. 엄마와 언니가 너무 덥다면서 '도대체 여기를 왜 오고 싶었던 건데?'라고 물었다. 왜 하필 이렇게 더운 날 여기에 온 거냐는 불평이었다. 미안하지만 그 말이 들리지 않았다.

병원에 있는 동안 너무 가고 싶었던 곳이었다. 내 마지막(?) 소원이 그곳에 가는 거라 하니 엄마와 언니가 거절하지 못한 거였다.

나는 전혀 덥지 않았다. 오히려 너무 시원해서 추운 느낌까지 드는 병원에서 나와 더운 공기를 쐬는 게 반가웠다.

보이는 모든 것이 아름다웠다. 뜨겁게 내리쬐는 햇빛은 아픈 곳을 치료해주는 에너지 같았고, 잔잔한 강은 내 머릿속 걱정들을 가져가는 것 같았다. 한 시간 정도 머물다가 병원으로 돌아갔다. 짧은 시간으로 느껴지지 않았다. 비록 큰 수술이 남았지만 그동안 힘들었던 치료가 다 씻겨 내려가는 듯했다.

수술이 성공적으로 잘 되었고, 살이 아무는 동안 조심하면 되었다. 수술한 곳을 보호하기 위해 3주간 엎드려 있어야 했다. 어깨가 짓눌려 너무 고통스러웠다. 그때마다 내가 마지막으로 본 풍경들을 떠올렸다. 그렇게 긴 시간을 버텼고 집에서

⋮

치료가 가능할 때 퇴원할 수 있었다.

요즘도 날이 좋으면 공원으로 자주 산책을 나간다. 그러면 수술 전에 마지막으로 눈에 담으려 했던 마음을 기억해 낸다. 반짝이는 하늘, 흔들리는 물결과 나무들. 그전엔 흔하게 생각했지만 아니었다. 볼 때마다 다르고 소중했다.

모든 것에 지루함을 잘 느끼는 내가 왜 그리 그곳을 좋아하는지 생각했다. 내가 자주 오가는 병원이나 쇼핑몰은 서울 도심 속에 있다. 빽빽한 건물과 차들을 보면 답답할 때가 많다. 휠체어가 다니기엔 장애물이 많은 거리에 너무 지쳐 있었다. 나갈 일이 생기면 혹시 그곳에 계단이라도 있지는 않을지, 턱이라도 있지는 않을지 항상 신경 써야 했다. 그 공원은 거의 평평한 길이라 모든 불안을 내려놓고 자유롭게 다닐 수 있다. 초록빛 자연을 보면 안정되었다.

죽음, 마지막이라는 단어가 주는 느낌은 어둡고 무겁지만 내가 원하는 것과 소중한 게 뭔지 되새기게 만든다.

죽음 앞에서 뭔가를 더 가지려 노력하는 사람은 거의 없을 것이다. 힘들 때일수록 마음을 비우고 삶을 단순하게 만드는 게 필요했다.

⋮

211

살아 있다는 감사함, 가족의 소중함, 세상의 아름다움. 그것만 있으면 된다고, 더 이상 바랄 게 없어진다.

죽음 앞에선 내가 아닌 것들이 벗겨져 진짜 내가 나타났다.
그동안 내가 원하던 게 무엇인지, 소중한 게 무엇인지
마치 본능처럼 살아났다.

⋮

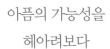

아픔의 가능성을
헤아려보다

　원하는 대학에 합격했는데 학비를 내지 못했던 친구가 있었다. 원래 집안 사정이 안 좋았지만 어떻게든 학비를 마련한다던 부모님 말씀을 믿고 공부했다. 친구가 학업을 포기해야 하는 상황이 되었다. 다행히 학교에서 그 딱한 사정을 감안해줘 학비 낼 시간을 미뤄줬다. 그러나 스스로 몇 백만 원이나 하는 큰돈을 마련하기에는 빠듯한 시간이었다. 나와 친구는 놀이터에 앉아 고민을 나누고 있었다. 우리 앞으로 길고양이 한 마리가 지나갔다.

⋮

"나는 저 고양이만도 못하나 봐."

친구가 울기 시작했고 나는 한참 달랬다.

"저 고양이는 집이 없어도 어떻게든 먹고 사는데 나는 그럴 의욕조차 없어. 가난이 언제 끝날지 몰라. 정말 살기 싫다."

나는 친구가 말하지 않은 것까지 다 이해되었다. 막상 학교에 들어가도 생활비와 다음 학비 걱정을 연이어 해야 했다. 주변 친구들은 대부분 어떻게 학교생활을 잘할까 고민하는데, 이 친구는 어떻게 하루하루를 먹고살지 고민하고 있었다. 어찌 위로해야 할지 몰랐다. 자신의 인생 전체를 뒤흔드는 상황이 얼마나 고통스럽고 아픈지 생생히 이해할 수 있기 때문이었다.

어린 시절에는 가난이란 걸 몰랐다. 부모님이 맞벌이를 한데다가 밭에 채소와 과일을 키워 먹을 게 풍족했다. 초등학교 때 시골에서 도시로 이사를 가면서 가세가 기울기 시작했다. 먹고사는 건 전혀 어렵지 않았다. 엄마가 '인생에서 돈은 사라지고 남는 건 지식이다.'라는 말을 하며 자식들의 교육에 가장 많이 신경 썼다. 그래서 이사를 여러 번 해야 했다. 고등학교

⋮

때는 몇 달 정도 살 곳이 없어 쓰러져 가던 폐가에 산 적도 있다. 언니 둘은 서울에, 동생은 기숙사에, 나만 부모님과 그 집에 살았다. 대문과 담이 없고 풀이 무성한 작은 마당에 집만 덩그러니 있었다. 방 두 개에 작은 마루 하나가 있을 뿐 천장이 곧 무너질 것 같은 집이었다. 샤워시설이 따로 없었고 화장실도 밖에 있었다. 불편한 게 한두 개가 아니었다.

그나마 다행히 여름이라 추위 걱정이 없었지만 벌레들과의 싸움을 해야 했다. 방충망조차 없는 집이라 작은 벌레가 몸에 달라붙는 건 예사였고 집 주변을 기어 다니던 생쥐들이 가끔 내 방으로 들어왔다. 옷장에 자리 잡고 숨어 사는 걸 발견해 기절할 만큼 놀랐다.

'세상에, 내가 생쥐와 한방을 쓰는 처지가 될 줄이야.'

그 상황에서 굶지 않고 학교를 다닐 정도면 괜찮다고 여겼다. 게다가 나는 시골에서 살아본 경험이 있지 않았던가. 내 적응력은 스스로 생각해도 대단했다. 며칠이 지나자 어떤 벌레를 봐도 수월하게 넘어갈 수 있었다.

사실 내 탁월한 적응력이 그런 인내심을 발휘하게 만든 게 아니었다. 그 집에서 몇 달만 참고 견디면 새집으로 간다는 희

⋮

215

망이 있기 때문이었다. 나는 폐가에 들어가는 날부터 그 사실을 이미 알고 있었다. 힘든 상황이 언제 끝날지 미리 알면 참을 수 있는 용기와 힘이 생겼다.

폐가를 떠나고 나서 얼마 뒤, 친구가 이렇게 물은 적이 있다.

"그래도 그런 집에 살던 게 추억이 되지 않았어?"

"추억은 무슨, 고달픈 삶에 추억이 어디 있냐?"

나도 모르게 목소리가 높아졌다. 그 집에 살던 시간들이 모두 상처였다. 지금은 내 글의 소재가 되었지만 그때로 다시는 돌아가고 싶지 않다.

때로는 경험이 사람을 두렵게 만든다.
스스로가 본 세상은
이미 어떤 과정을 거쳤는지 알기 때문이다.

내 앞에 펼쳐질 마음 아픈 일들을 종종 그려본다. 나를 가장 아프게 하는 상상은 엄마가 세상을 떠나는 것과 우울함이 다시 나를 지배하는 것, 몸이 아픈 것이다. 정말 불안하고 무섭다. 그게 얼마나 나를 아프게 했는지 잘 알기에 더 그렇다.

⋮

216

몸이 불편하게 된 다음부터 내가 얼마나 여러 차례 병원에 가야만 하는지 아픔의 정도를 가늠해 보았다. 사고 후 몸에 적응을 못해 1년에 한 번씩은 방광염이나 장염으로 입원하거나 치료받는 일이 있었다.

30년을 더 산다고 가정했을 때, 1년에 한 번이면 30번은 그렇게 아파야 하는 거였다. 그런 걱정과 달리 시간이 갈수록 아프거나 입원하는 횟수가 점점 줄어들었다. 그러다 갑자기 덜컥 엉덩이에 상처가 생긴 것이었다. 수술하고 치료하며 세 달 동안 병원에서 지내야 했다.

그걸로 다 끝난 줄 알았는데 퇴원할 때 의사가 재발할 가능성이 높으니 조심하라고 신신당부했다. 어느 새 수술한 지 10년이 지났다. 그동안 재발하진 않았지만 앞으로 장담할 수 없다.

아픔을 넘었다고 더 이상 상처가 아니라고 말할 수 없었다. 나는 선명하게 아팠고 그 상처가 언제 나를 힘들게 할지 모른다. 그저 앞으로 닥칠지 모르는 아픔의 가능성을 헤아려보며 조금은 덜하길 기대해 볼 뿐이다.

⋮

어떻게
잘 죽을 수 있을까

문득 이런 생각이 떠올랐다. '내게 죽음은 한참이나 남은 줄 알았지만, 어쩌면 이미 죽었어야 하는 운명일지도 모른다.'고. 죽음, 그것은 내 삶과 이어져 있다.

내가 원하든 원하지 않든 언젠가는 죽는다. 내가 두렵다고 사는 것도, 용감하다고 사는 것도 아니다. 지금 당장 고통이 끝난다고 삶의 의미를 얻는다는 확신도 없었다.

죽음을 향해 잘 가기 위해서 오늘을 살아내야 한다. 앞으로 '어떻게 죽음을 준비할 것인가?'는 '어떻게 잘 살아갈 것인가?'

⋮

하는 내 고민과도 이어져 있다.

사고 후에 몇 번 심하게 아팠을 때, 죽음이 가까이 왔음을 느낄 수 있었다. 큰 아픔을 겪고 나면 사소한 일에도 과한 걱정을 하게 되었다.

4년 전 건강검진을 했을 때 자궁에서 근종이 발견되었다. 보통 근종이 생겼다가 없어지기도 하는데 8cm나 되어서 빠른 시간 안에 수술을 받아야만 한다고 했다. 이상하게 덤덤했다. '와, 내가 책에서만 보던 그런 사람처럼 죽음을 덤덤히 수용하는 사람이 되다니.' 그러나 수술 날짜가 다가올수록 불안했다.

수술이 끝나고 회복실에 잠시 머물 때였다. 회복실에 들어가자마자 눈을 떴는지 간호사가 나를 보더니 깜짝 놀랐다. 주위를 둘러보았다.

그곳은 영화 속에서 보던 전쟁 장면과도 비슷했다. 환자들의 고통스러운 신음소리가 울렸다. 마치 죽음과 가까운 거리에 있는 것 같았다. 간호사가 내게 숨을 크게 쉬라고 소리쳤다. 나는 눈을 크게 뜨고 숨을 크게 쉬었다. 미세한 가스 냄새가 입안에서 나왔다.

"정말 잘하고 계셔요. 아프면 말씀하시고요. 그렇게 숨을 쉬고 계셔요."

"이러면 사는 거죠?"

간절히 살고 싶었다. 그렇게 세상을 떠나고 싶지 않았다. 잠시 후 병실로 올라왔다. 짧은 시간 동안 온갖 생각이 다 들었다. 분명 내가 많이 아픈 상태라고 여겼는데 회복실에서는 그들보다 덜 아픈 것 같았다. 병실에 올라와서는 더 이상 불안하지 않았다. 내 고통이 어느 만큼인지 가늠이 되면 마음이 편해지는 듯했다.

내가 언제 죽을지 모른다고 미리 걱정할 필요는 없지만 마음의 준비를 하며 지금 주어진 삶을 잘 살아가야 한다는 생각이 들었다. 결국 잘 죽는다는 것은 지금 순간을 잘 살아가야하는 것이다. 그러나 쉬운 게 아니었다. 죽음이 언제 올지 확신할 수 없는 것처럼 삶을 잘 살아가는 것도 확신하기 어렵기 때문이다.

죽음 앞에서는 살 것인가, 말 것인가의 선택을 할 수가 없었다. 살아갈 시간이 많지 않다는 걸 알았을 때, 내가 지금 살아 숨 쉬는 게 당연하지 않다는 것을 깨달았다. 그 후 죽음은 나와 항상 가까이 있다고 느낀다.

⋮

시골에 살던 어린 시절, 비가 억수같이 오던 어느 여름날이었다. 며칠 동안 쉬지 않고 비가 온 탓에 곳곳에 물이 넘쳤다. 집들과 길이 물에 잠기기도 했다.

친구 아빠 차를 얻어 타고 학교 가는 길에 불어난 강물에 휩쓸려 떠내려가는 황소를 보았다. 친구와 나는 안타까워하며 소를 쳐다볼 수밖에 없었다. 소가 겁에 잔뜩 질려 다리를 허우적거렸다. 아마 그 공포가 엄청났을 것이다. 나는 그 소가 거기서 살아나왔을지 궁금했다.

그 일을 잊을 무렵, 충격적인 장면을 목격했다. 그 당시 아빠는 농장에서 소를 키웠다. 동생과 내가 농장에 가는 아빠를 따라나섰다. 소 우리에서 멀찌감치 놀고 있으라는 말에 들판을 거닐고 있었다. 그러자 멀리서 소 울음소리가 들렸다. 그 소리를 따라갔더니 아빠와 일하던 아저씨가 소고삐를 힘겹게 당겨 화물차 쪽으로 가고 있었다. 소가 앞으로 가지 않으려 버티고 있었다. 십여 분 정도 그렇게 실랑이를 벌였다. 차에 실린 소를 자세히 보니 눈망울에 눈물이 그렁그렁 맺혀 있었다. 강물에 휩쓸려가던 그 소의 눈빛과 똑같았다.

"아빠, 소가 왜 울어요? 풀어주면 안 돼요?"

⋮

221

"저리 가 있으라 했잖아."

나는 이유 없이 혼난 것 같아 시무룩해졌다. 집에 돌아와서야 그 소가 도살장으로 간다는 걸 알게 되었다. 소는 마치 죽음을 직감한 것 같았다.

돌이켜보면 내가 살아온 세상은 지식으로, 머리로, 마음으로 이해해도 하지 못하는 것들이 더 많았다. 기분이 괜찮다가도 갑자기 우울해져서 모든 게 하기 싫어질 때가 있다. 불어난 물살에 하염없이 떠내려간 황소처럼, 내 기분을 마음대로 통제한다는 건 어쩌면 불가능한 게 아닌가 싶었다. 매번 다른 모습으로 계속되는 감정을 잘 지켜보고 잘 견뎌내야 하는 게 내 몫인 것이다.

마음의 고통이 눈에 보이면 좋겠다.
보이지 않는 아픔은 남에게 표현할수록
자꾸 스스로가 나약한 사람이 되는 것 같다.

언제쯤 죽음을 떠올리면 마음에 먹구름이 끼는 것처럼 어두워지지 않을까. 어쩌면 그런 날이 안 올지도 모른다. 그렇다고

⋮

내가 믿는 하나님을 부정한다는 의미가 아니다. 죽음이 아쉬운 이유는 나와 함께했던 사람과의 시간이 사라진다는 의미가 되기 때문이다. 반대로 생각하면 이미 먼저 세상을 떠난 할머니와 친구를 만날 수 있는 것이지만 아직은 이 세상에서 내 곁에 있는 사람들과 더 머물고 싶다.

죽음에 대한 고민을 하면서 '사전연명의료의향서'를 알게 되어 신청했다. 혹시 내가 회복이 불가능한 상태가 되면 연명의료를 받지 않겠다는 걸 확인하는 서류다. 어떤 이는 잘했다고 했고, 어떤 이는 더 살 수 있는데 허튼짓을 한 거라 했다. 그건 누가 맞고 틀리냐의 문제가 아니다. 내 생각이 그렇다.

만약 나중에 회복이 불가능하고 의식이 없는 상황이 온다면 편안히 가고 싶다. 그동안 너무 큰 고통을 경험해서인지 그 시간을 줄이고 싶다. 내 영혼이 이 세상과 사람들과 인사하는 시간만큼은 결코 아프고 싶지 않다. 어린 시절 할머니가 습관처럼 말하던 '나는 아프지 않고 그냥 세상을 떠나련다.'라는 의미가 뭔지 이젠 알겠다. 마지막 순간까지 잘 살아가면서 나와 따뜻하게 관계를 맺어준 사람들을 기억하며, 고마운 마음을 전하고 세상을 떠나고 싶다.

.
.
.

내가 죽고 난 뒤 이 세상에 남은 사람들이 그제야 나를 제대로 판단할 것이다. 그들에게 호인(好人)으로 기억되는 것도 좋지만, 호상(好喪)으로 더 기억되길 바란다.

⋮

내 삶의 결말을 몰라서
다행이야

   훌륭하다고 여겨지는 내 선택이 있다. 책을 읽을지 말지 두 갈래로 갈라진 길 앞에서 읽기로 결정한 것이다. 책과 거리가 멀었던 나에게는 엄청난 도전이었다.

   생각대로 움직이지 않고 의지적으로 내 생활에 적용시킨 게 한 가지 더 있다. 바로 산책이다. 지금은 즐기지만 우울할 땐 막상 실행하기까지 엄두가 나지 않아 힘들었다.

   글 쓸 주제는 아무리 머리를 쥐어짜도 생각나지 않는데, '조금 이따가 나가야지, 날씨가 흐리니 쉬자.' 하기 싫은 일의

⋮

핑계는 술술 만들어냈다.

내가 산책을 억지로라도 하게 된 이유가 있다. 우울증의 최고 치료제가 산책하며 햇볕을 쬐는 것이기 때문이다. 누군가는 내게 아무것도 하기 싫은데 어떻게 움직일 수 있냐 되물을 수 있다.

심리학에 그 답이 있다. 우울함은 성취감을 느끼는 일을 하지 못하도록 막는다. 그래서 반대로 움직여야 한다. 하기 싫다는 생각이 머릿속에 자리 잡기 전에 행동하는 것이다. 이 생각 저 생각 하다 보면 행동을 미루게 된다. 그런 생각이 나를 지배하기 전에 실천을 먼저 하는 거였다. 그래서 나는 계획한 시간에 매일 외출하거나 외출에 필요한 준비물을 현관에 보이게 내놓는다. 그러면 '아, 내가 나가야만 하는구나.'라는 마음이 움직여 나갈 수 있다.

"기회는 기회의 모습으로 오지 않는다. 기회는 찾고 노력하는 자의 것이다. – 아르센 우세"

나는 이 말을 좋아한다. 예전엔 움직이지 않으면서 기회가 오지 않는다고 생각했다. 내게 운이 따라주지 않는다고 여겼

⋮

226

다. 그저 감나무 밑에서 감이 떨어지기만 기다리는 식이었다. 내가 할 수 있을 것들을 직접 찾으니 기회가 많아졌다. 그걸 무시하지 않고 안 되더라도 다 해보는 것이다.

심리학을 시작했을 때 수없이 후회했다. 공부 양은 많은데 다 이해되지 않은 것들을 습득하기 힘들었다. '심리학이 이렇게 어려울 줄 미리 알았다면 시작도 하지 않았을 거야.' 입버릇처럼 말했다. 졸업하고 나서는 잘했다고 여긴 순간이 너무 많았다. 스스로의 감정을 잘 알게 되었고, 다른 사람을 이해하는 여유까지 생겼기 때문이다.

내일은 오늘보다 나은 선택을 할 거란 기대가
오늘을 버틸 힘이 되어준다.

어느 날, 인터넷에 올라온 글을 읽었다. '자기 삶의 결말이 어떤지를 알면서 산다면 그것만큼 비참할 게 없을 것이다.'라는 글이었다. 나는 항상 알고 싶었다. 내 마음을 열어 다 분석하고 싶었고 미래를 명확히 알고 싶었다.

바로 한 치 앞의 미래조차 미리 알 수 없는 건 삶의 큰 매력

：

이 아닐까. 어떤 일을 하기 전에 그 결과를 어느 정도 알더라도 막상 과정이 얼마나 어려울지 몸소 느끼지 못해 시작할 수 있는 것이다. 내가 얼마나 잘 해낼 수 있을지를 가늠하며 할지 말지 고민할 수밖에 없다. 잘 살아가고 싶은 마음이 움직인다면 힘들더라도 좋은 결과를 만드는 선택을 하게 될 것이다.

만약 미래를 미리 안다면 내가 지금처럼 글을 쓰지 않았을지도 모른다. 앞으로 일어날 일을 모르기에 '혹시 이게 내 길인가?' 의문을 품으며 도전해보는 것이다.

휠체어로 갈 수 없거나 할 수 없는 것들이 있다. 거기에 주눅 들지 않고 할 수 있는 걸 찾아가려 한다. 잘 둘러보면 이 세상에 선택할 기회가 펼쳐져 있다. 곧바로 할 수 있는 것으로는 우선 아름다운 세상을 보는 것이 있다. 스스로 생각하고 글로 펼치는 것도 기회다. 게다가 세상의 모든 것이 글의 재료가 된다.

글을 쓰며 즐거울 때도, 괴로울 때도 있었다. 출판사 서른 군데 정도에 메일로 출간기획서와 샘플 원고를 보냈다. 돌아오는 답은 '저희 출판사의 일정과 방향이 맞지 않아……. 다음 기회에 인연을 맺을 수 있으면 좋겠습니다.' 그런 내용이었다.

⋮

그러나 어차피 내가 가야 할 길이라는 걸 알고 있었다.

내 글의 에너지는 나를 믿어주는 가족에게서 나온다. 그리고 미래에 대한 확신이다. 내 미래에 대해 단 하나 아는 게 있다. 나는 계속 글을 쓸 거라는 것이다. 느리지만 끝까지 쓸 것이다.

알 수 없는 삶의 결말보다 알 수 있는 삶의 과정을 뒤돌아보았다. 어떻게든 잘 살고 싶어 뭐든 해보자는 식으로 발버둥 치며 살아온 흔적이 있었다. 그동안 알지 못했을 뿐, 나는 삶을 나만의 방식대로 사랑하고 있었다.

당신의 이야기가
계속되길 바란다

:
:
:
:
:
:
:

힘든 시기에 나의 버팀목이 되어준 사랑하는 가족에게 고마운 마음을 전한다. 고맙다고 계속 말해도 모자랄 정도다. 친구들과 주위 사람들의 관심과 사랑에도 힘을 얻었다. 그리고 나를 숨 쉬게 만들어준 하나님이 아니면 여기까지 오지 못했다.

사회에 영향력 있는 분들께 추천사를 받게 되어 영광이다. 홍성태 교수님과 배우 유연석 님, 배우 김아중 님의 추천사 덕분에 큰 힘을 얻었다.

:
:

출간 과정을 겪어보니 혼자 글을 써서 책이 나오는 게 아니었다. 내 글을 알아봐주고 출간에 힘써준 미다스북스 본부장님과 관계자분들에게 감사함을 전한다.

"모두에게 진심으로 감사합니다."

나와 비슷한 트라우마를 겪었거나 삶이 힘겨운 사람들에게 전하고 싶은 말이 있다. '힘든 게 당연한 거라고, 지금 잘 견뎌내고 있다.'고 말이다.

나와 비슷한 길을 가란 말을 하고 싶지 않다. 다만 자신이 할 수 있는 길을 만들어가라고 하고 싶다.

어쩌면 책에서 아무것도 얻지 못할 수도 있다. 그러면 좀 어떤가. 그만큼 이미 당신에겐 많은 것이 있다는 증거다. 나는 당신의 이야기가 계속되길 바란다.

: